Paris Chez Toussainct Quinet Au Palais 1648 Auec Priuilege du Roy.

LE VIRGILE TRAVESTY EN VERS BVRLESQVES,

De Monſieur SCARRON.

Dedié à la REYNE.

A PARIS,

Chez TOVSSAINCT QVINET, au Palais, ſous la montée de la Cour des Aydes.

M. DC. XLVIII.

AVEC PRIVILEGE DV ROY.

A
LA REYNE.

MADAME,

Ie promets à vostre Majesté dés le commencement de mon Epistre, quelle en verra bien-tost la fin, & c'est peut-estre ce quelle en trouuera de meilleur, DIEV me fasse la grace de luy tenir parole, & que l'honneur que i'auray d'entretenir la plus grande Reyne du monde, ne me transporte pas assez pour me faire oublier qu'elle a bien d'autres choses à faire qu'à lire vne Dedicatoire; lors que i'ay fait dessein de donner mon liure à Vostre MAIESTÉ, i'ay crû que ie ne pouuois estre pauure de pensées en vn si riche sujet, & que i'allois dire les plus belles choses du monde, & toutesfois, MADAME, apres auoir long-temps fatigué ma Rethorique, i'ay trouué que pour estre venu des derniers, i'estois reduit à seruir d'Echo à ceux qui auoient parlé deuant moy, & que ces beaux esprits n'ayant pas mesme oublié la vieille histoire du Roy de Perse, qui remercia vn paysan qui luy presenta vn verre d'eau de riuiere, il ne me restoit plus rien à adjouster, sinon qu'ils n'ont tous rien dit à la loüange de Vostre MAIESTÉ, qu'elle n'en merite, & que ie ne m'en imagine d'auantage: On me reprochera sans doute que i'ay donc tort de me taire: mais vne matiere si haute s'imagine bien plus aisément qu'elle ne s'exprime, & ie la doy laisser à traitter aux Escriuains heroïques, qui sans doute auront besoin de tout leur Apollon pour en ſortir à leur honneur; car pour moy humble petit faiſeur de Vers Burleſques que ie ſuis, & Poëte à la douzaine, ie ne me meſle que de faire quelque fois rire, encore faut-il qu'on en ait plus grande enuie que moy, qui ſerois le plus chagrin de tous les hommes ſans les biens-faits de Voſtre MAIESTÉ & ſans l'honneur que i'ay d'auoir vne charge en ſa maiſon; cette charge n'eſt pas veritablement des plus importantes, mais elle eſt bien des plus difficilles à exercer, & ie penſe ſans vanité m'en eſtre aſſez dignement acquité, pour oſer prier Voſtre MAIESTÉ, d'adiouſter à l'honneur d'eſtre ſon malade celuy d'eſtre ſon Poëte Burleſque: Pour quoy non? ſi ie ſuis aſſez heureux pour auoir fait vn liure qui luy plaiſe? Et pourquoy ne luy plaira-il pas? puis que la moindre Guenon peut quelquesfois diuertir l'eſprit du monde le plus releué? Si mon Eneide fait rire Voſtre MAIESTÉ ſeulement du bout des lévres, & que le fils d'Anchiſe ait aſſez plaiſamment maſqué ce Carnaual pour la diuertir, il paroiſtera tous les mois ſous de nouueaux maſques iuſqu'a la fin de l'année, qu'il eſpouſera l'Infante de Lauinium, c'eſt vne belle, & bonne Princesse des meilleurs maisons d'Italie, & si la plus grande Reine de l'Europe assiste aux nopces de cette Reine de village, ie n'auray plus à me plaindre ny de la maladie, ny de la fortune, & ie me trouueray sain & content dés le moment que i'auray plû, il ne faut qu'vn sous-ris pour faire ces deux grand miracles, & i'ay sujet d'esperer, Madame, que Vostre MAIESTE' me faisant des biens plus solides ne refusera pas ce sous-ris à l'homme du monde qui est le plus,

MADAME,

Vostre tres-humble, tres-obeïssant, tres-obligé, & tres-malade seruiteur & sujet,
SCARRON, Malade de la Reyne.

AV LECTEVR.

AMY Lecteur, Pieux Lecteur, Lecteur Beneuole, ou comme tu voudras ; ne penſe pas que ie te donne ces beaux noms là pour capter ta bienueillance: Ie te permets de dire pis que pendre de mon Liure, ſelon l'honneſte couſtume de ceux qui liſent ; & ſi tu n'a pas eſté aſſez fou pour l'acheter, tout le deſplaiſir que i'en auray ſera de n'auoir pas adiouſté aux noms d'Amy, de Pieux & de Beneuole, celuy de tres-Sage ou de tres-Iudicieux.

A MONSIEVR L'ABBE' SCARRON.

Sur ſon Virgile, en Vers Burleſques.

ODE.

MVSE, eſcoute moy de grace,
Et reſponds moy promptement;
Eſt-il feſte ſur Parnaſe?
Quel eſt-ce deſguiſement?
O quelle Metamorphoſe!
O Dieu la plaiſante choſe!
Le rire m'a ſuffoqué:
Et dans ce plaiſir extreme,
VIRGILE riroit luy-meſme,
De ſe voir ſi bien maſqué.

ODE.

Toy qui resiouis la Bande,
Qui demeure dans les Cieux;
Toy que chacun aprehende,
Immortel Bouffon des Dieux:
Tes plus fines railleries,
Ne sont que des niaiseries,
Qui n'ont presque rien de bon;
Si nostre esprit les compare,
Au Liure plaisant & rare,
Que nous a donné SCARRON.

O Malade de la Reine!
Malade par tout vanté!
De qui la docte migraine,
Vaut autant que la santé.
Quand tu souffres qu'on te voye,
Tu ressuscites ma ioye;
Tu restablis ma raison:
De l'humeur qui m'assaßine,
Ton Liure est la medecine,
Et le seul contre-poison.

ODE.

Ie te iure par Hercule,
(Serment de l'Antiquité)
Que ton Heros ridiculle,
M'à presque ressuscité.
Aussi pour ses assistances,
I'apends comme des potences,
Et mes chagrins, & mes soings:
Et tout ce qu'vn miserable,
De l'Espargne inexorable,
Endure & souffre le moins.

I'apends (dis-je) dans le Temple,
De VIRGILE TRAVESTY,
Mille chagrins sans exemple,
Dont ie me trouue inuesty:
Ouy, par ce crotesque Enée,
I'incague la Destinée,
Qui me met à l'abandon:
Et i'offre mon Ordonnance,
Et mes Breuets sans finance,
A la burlesque Didon.

ODE.

O prodige incomparable!
Infirme, & pourtant Diuin!
O Philosophe agreable!
O Stoïque sans chagrin!
Fais d'vne ame toute libre,
Que bien-tost aux bords du Tibre,
Ton Heros puisse arriuer:
Fais que l'Vniuers l'escoute;
Et crois que i'auray la goute,
Si ie ne vay le trouuer.

DE SCVDERY.

A MONSIEVR
L'ABBE' SCARRON,
Sur son Virgile en vers Burlesques.

EPIGRAMME.

Mon cher SCARRON, Virgile enrage;
Et tout le monde est estonné
De voir son plus superbe Ouurage,
En Burlesque ainsi retourné.
On croyoit que son Æneide
Pompeur, élegant & fluide,
Fust sans pareil en l'Vniuers.
Mais on dit en voyant le vostre
Que c'est vn drap à deux enuers
Aussi beau d'vn costé que d'autre.

TRISTAN LHERMITE.

A MONSIEVR
L'ABBE' SCARRON,
Sur son Virgile en vers Burlesques.

STANCES.

SCARRON, ton sort bizarre est-il à déplorer?
Souffrant comme vn damné, tu vis & peux écrire,
On ne peut te voyant, s'empescher de pleurer,
Te lisant sans te voir, on s'estouffe de rire.

Peux-tu bien à ta Muse estre si complaisant?
Elle te rit au nez quand la douleur t'accable,
Comment peux-tu loger vn esprit si plaisant
Si burlesque, & si gay, dans vn corps miserable?

Quel temps prens-tu pour rire auecque les neuf Sœurs,
Veu que toute ta vie est pleine d'amertume,

Tu ne gouſtes iamais ny plaiſirs, ny douceurs
Et tout cela pourtant pend au bout de ta plume.

Tu peux communicquer vn bien que tu n'as pas,
Et nous voyons couler par ne ſçay quelle voye
De tes viſibles maux de viſibles appas,
D'vn chagrin eternel, vne eternelle joye.

Si ton Heros viuoit, & qu'en ce Carnaual,
Il ſe vit déguiſé ſous cét habit fantaſque
Ie gage qu'il feroit tout le cours à cheual,
Et qu'il prendroit ainſi plaiſir d'aller en maſque.

N'en déplaiſe aux pedens de l'Vniuerſité
Bien aiſes que Virgile ait fait Didon ſa garce
Le texte de ce Poëte eſt ſouuent plus gaſté,
Dans leurs écris bourrus, qu'il ne l'eſt dans ta farce.

Leurs remarques de Baſle, & Commens de rebut
Nous broüillent la ceruelle au lieu de nous inſtruire,
Mais ta main ſans manquer a frappé droit au but,
Si tu n'as eu deſſein, que de nous faire rire.

BOISROBERT, Abbé de Chaſtillon.

A MONSIEVR

A MONSIEVR
L'ABBE' SCARRON.
Sur son Virgile Burlesques.

TOY qui chantas jadis Typhon,
Chetif de corps, d'ame sublime,
Toy qui pese moins qu'vn chifon
Scarron ne pese pas ma rime.
Tout ce qui vient de tes amis,
Tu le vois auec tant de ioye,
Reçois ce que ie t'ay promis
Et lis ces Vers que ie t'enuoie.
I'auois faict serment que Quinet
En toute son Imprimerie,
Soit en Epigramme ou Sonnet
Ne m'Imprimeroit de sa vie.
Tousiours me souuient des Ballets,
Dont s'offensa mainte escarlatte,
Apres cela dans le Palais
Le veux-tu? que mon nom esclatte.

i

Ioins cent maux à tes maux diuers,
Sois cent fois plus ſec que ta chaiſe
Ceux que me firent quatre Vers
Me mirent plus mal à mon aiſe:
Mais quand i'attirerois ſur moy,
Tous les maux que ſouffrit Alcide
Ie ne puis m'empeſcher, ma foy,
De parler de ton Eneide.
Non ie ne ſçaurois cher Scarron,
Et ie ne t'en puis rien eſcrire,
Car ton Enée & ta Didon
M'ont quaſi fait mourir de rire.

DVPIN.

A MONSIEVR L'ABBE' SCARRON, Sur son Virgile, en Vers Burlesques.

MON bon Monsieur Virgile il vous faut retirer,
Assez par vos beaux Vers vous auez fait pleurer
Les bonnes gens émus de voir le pauure Enée,
Tourmenté par Iunon contre Troye acharnée.
Mais maintenant Seigneur Maron,
Il faut ceder au sieur Scarron,
Qui d'vn stile remply de beautez & de charmes,
Et par d'incomparables Vers,
Fera rire tout l'Vniuers
De tous ces accidẽts qui nous causoient des larmes.
Cedez luy donc sans resistance
Car d'autant plus que vous il se fait admirer,
Que l'on tient pour maxime en France
Qu'il vaut mieux rire que pleurer.

LA MOTTE LE VAYER le fils.

A MONSIEVR L'ABBE' SCARRON, Sur ſon Virgile, en Vers Burleſques.

*NOVS te verrons bien-toſt dancer, ſauter,
courir,
Faire ambler vn Cheual ou du moins vne Mule,
Qui peut auoir rendu Virgile Ridicule,
Peut bien trouuer auſsi le moyen de guerir.*

I. R. S. C.

IN GALLICAM SCARRONIS Æneidem ludicro Carmine ſcriptam.

DEBILE Scarronis corpus, contractaque membra,
Indomitus vexat nocte, dieque, dolor.
Hinc caput obliquâ pronum ceruice fatiſcit,
Nec licet obtutus tollere ad aſtra ſuos.
Vtquè manus premit innocuas cruciatque chiragra
Sic ſecat immeritos ſæua podagra pedes.
Et malè nodoſos macies depaſcitur artus,
Tabidaque areſcens vix tegit oſſa cutis.
Torqueris leuius voluendo Siſyphe ſaxo,
Quique renaſcenti pectore paſcis auem.
Et tamen in mediis rìdere doloribus audet,
Nec miſerum læti deſeruere ioci.
Ridiculum Æneam Troas, Danaoſque facetus,
Inſolitâ Gallis arte, Poëta facit.
Oblectant animos, non iam naufragia terrent,
Itala quæ finxit, Vate Marone, Clio,
Feſtiue ventique ruunt, atque æquora verſant,
Iucundè Phrygias & quatit vnda rates.

Et ſuplex precibus ſuperos dicacibus orat,
Naufragus, & grato cum ſale nauta perit.
Nec flenda ingentis modo ſunt incendia Trojæ,
Hæc poſſint Priamo ſic placuiſſe ſeni.
Ipſa quoque in Teucros ioculares concipit iras
Altiſoni coniux Iuno ſororque Iouis.
Tam benè qui ludit, dum toto corpore languens,
Deficit, innumeris obruiturque malis,
Vel certè humanâ Deus eſt ſub imagine Scarro,
Ingenio pollet vel propiore Dei.

C. FERAMVS.

IN AENEIDA MIMICAM
& iocoſam Pauli Scarronis

EPIGRAMMA.

CORPORE Scarro æger, ſed cui ridere decorum,
Phœbus, Amor Charites, & Venus ipſa dedit,
Gratum opus vrbanis, vrbanæ Æneidos author,
Tranſtulit in lepidos arma, virumque, iocos.

ATTICVS SECVNDVS.

SCARRONI
EX PATRE NEPOTI.

SI punctum omne tulit, qui miſcuit vtile dulci
Ludendo ſcribens ſeria quid meruit?
Virgilij, miranda legens, ridere iubetur,
Hoc debet, Scarro, Gallica Muſa, tibi.

Vrb. SCARRON PATRVVS.

F.C. in. et Fe.

LE VIRGILE TRAVESTY.

LIVRE PREMIER.

Ie qui chantay iadis Typhon
D'vn ſtyle qu'on trouua bouffon,
Auiourd'huy de ce ſtyle meſme,
Encor qu'à mon viſage bleſme
Chacun ait raiſon de douter
Si ie pourray m'en acquiter,

Deuant que la mort qui tout mine
Me donne en proye à la vermine.
Ie chante cét homme pieux,
Qui vint chargé de tous ses Dieux,
Et de Monsieur son pere Anchise,
Beau vieillard à la barbe grise,
Depuis la ville ou les Gregois
Occirent tant de bons Bourgeois,
Iusqu'à celle ou le pauure Reme
Fut tué par son frere mesme,
Pour auoir en sautant passé
De l'autre costé d'vn fossé:
Iunon Deesse acariastre
Autant ou plus qu'vne marastre,
Luy fit passer de mauuais iours,
Et luy fit force vilains tours,
Dont bien souuent, quoy que tres-sage,
Il se souffleta le visage;
Mais enfin conduit du destin
Il eut dans le pays Latin,
Quinze mille liures de rente,
Tant plus que moins que ie ne mente:
Et sans regretter Ilium
Fut Seigneur de Lauinium,

Dont depuis ſa race par guerre
A fait vne aſſez bonne terre:
C'eſt de-là que nous ſont venus
Les peres Albains ſi connus;
De là Rome la belle ville
Trois fois plus grande que Seuille.
Petite Muſe au nez camard
Qui m'as fait Autheur goguenard,
Et qui quoy que mon mal en pire
Me fais pourtant quelque fois rire;
Dy moy bien comment, & pourquoy,
Iunon ſans honneur & ſans foy,
Perſecuta ce galant homme,
Sans lequel nous n'aurions pas Rome,
Ny tous ces illuſtres Romains
A qui nous baiſons tous les mains:
Elle fit bien la furieuſe
Contre perſonne ſi pieuſe,
Ils ſe faſchent donc comme nous?
Ie ne les croyois pas ſi fous,
Et les croyois eſtre ſans bile,
Ces beaux Dieux d'Homere & Virgile.
Pres du pays du Roy d'Arger
Qui tua le bon Roy Roger,

Vne ville fort ancienne
De fondation Tyrienne,
Deſſus le riuage Affriquain,
Seruoit d'azyle à maint coquin:
Cette ville auoit nom Cartage
D'où l'inuention du potage,
Celle de cuire les œufs frais,
Sans les durcir à peu de frais,
Choſes autrefois peu connuës
Au grand bien de tous ſont venuës;
Gans de Grenoble, & gans de chien,
Se donnoient là preſque pour rien,
Cette Gent eſtoit à tout faire
Vaillante ou pluſtoſt temeraire,
La ſœur & femme du grand Dieu
S'y plaiſoit plus qu'en aucun lieu,
Samos iadis ſa bien aymée
Eſtoit d'elle moins eſtimée,
Elle y tenoit carroſſe, & char,
Chaiſe à bras, littiere & brancar,
En fit rebaſtir les murailles,
Et la fit exempter de tailles;
Elle n'eſtoit premierement
Qu'vn Bailliage ſeulement,

Mais elle rompit tant la teste
A Iupiter, qu'à sa requeste
Il en fit vn Presidial
Ie ne sçay s'il fit bien ou mal,
Y fonda deux ou trois Colleges
Auec de fort beaux priuileges,
Elle eust fait de cette Cité
Ce que Rome a depuis esté;
Mais par malheur en cette affaire
Le destin fut d'auis contraire,
Le destin qui fait bien pester
Mesme le grand Dieu Iupiter:
Or comme souuent trop l'on cause
Elle auoit ouy quelque chose,
Qu'vn iour viendroit que les Troyens
Perdroient les pauures Tyriens,
Ce que craignant la bonne Dame,
Et gardant encor en son ame
Le beau-iugement de Pâris,
Et l'insuportable mespris,
Qu'en faueur de Venus la belle
Il eut pour Pallas & pour elle,
Outre qu'il auoit reuelé,
(Heureux s'il n'eust iamais parlé)

Qu'elle auoit trop longue mamelle,
Et trop long poil dessous l'aisselle,
Et pour Dame de qualité
Le genoüil vn peu trop croté,
Puis vn autre mal sans remede,
Le rapt du ieune Ganimede
Dont son débauché de mary
Auoit fait vn cher fauory;
Ces choses là mises ensemble,
Estoient suffisantes me semble
Pour luy faire faire aux Troyens
Ce que les Laquais font aux chiens,
Elle faisoit donc son possible
Cette Deesse trop terrible,
Que ces pauures depaysez,
Pour la pluspart deualisez,
Ne peussent comme peuple libre
Planter leur piquet sur le Tybre,
Y semer blé, cueillir raisins,
S'allier auec leurs voisins,
Comme ils faisoient dans la Phrygie
Deuant que les troupes d'Argie
Fissent des biens de Priamus
Apres dix ans gaudeamus:

Tant l'entreprise estoit hautaine
D'esleuer cette Gent Romaine,
Malgré ses ennemis diuers
A l'empire de l'Vniuers.
Cette pauure race Troyenne
Dessus la mer Sicilienne,
Comme apres bon vin bon cheual
Voguoit sans songer à nul mal,
Ils auoient tous le vent en poupe,
Et n'estoit pas vn de la troupe
Qui ne chantât des Leridas,
Des lampons & des ouydas:
Et mille autres telles denrées,
Quand sur les plaines azurées
Iunon par la trape des Cieux
Par malheur vint ietter les yeux,
Quand elle les vit ainsi rire,
Elle en accrût si fort son ire
Que si son lacet n'eust rompu,
Outre quelle auoit bien repû,
Ie croy, Dieu vueille auoir son ame,
Qu'elle eust creué la bonne Dame:
L'esprit donc quasi peruerty,
I'en auray donc le dementy,

Cria-t'elle , & cette gueuſaille
A ma barbe fera gogaille?
Quoy Pallas qui n'eſt que Pallas
A pû ce que ie ne puis pas,
Contre les Gregeois animée,
Du foudre de ſon pere armée,
Pour vn ſeul elle a fait ſur tous
Pleuuoir vne greſle de coups,
Elle a bien pû reduire en poudre
Le pauure Aiax d'vn coup de foudre,
Ietter les Grecs qui ç'a qui là
Et ie ne pourrois pas cela?
Et malgré moy la deſtinée
Gardera ce faquin d'Ænée?
Et moy qui ſuis ſans me vanter
Sœur & femme de Iupiter,
Ie ne pourray quoy que ie faſſe
Perdre cette maudite race?
Et chacun me meſpriſera
Et pas-vn ne m'adorera?
Car qui Diable ſeroit ſi beſte
De vouloir celebrer ma feſte,
Qui voudroit me ſacrifier
Bœuf, vache, mouton ou belier?

Oüy

Oüy bœuf, mouton, belier, ou vache,
Il n'eſt perſonne que je ſçache:
Qui vueille m'offrir ſeulement,
Vn rat qui n'eſt qu'vn excrement:
Cela dit auec violence
La Deeſſe à beau pied ſans lance,
S'en alla trouuer Eolus,
Roy non pas des plus abſolus,
Car les vens dont il eſt le maiſtre
Luy font ſouuent bien du biſſetre,
Eſtans inconſtans & legers,
Mais pour euiter les dangers.
Il les tient dans vne cauerne;
Ou l'on ne va point ſans lanterne:
Autrement ces ſeditieux:
Bouleuerſeroient Terre & Cieux;
C'eſt pourquoy craignant leur folie
Il les empriſonne, il les lie;
Mais le vencoulis ſeulement
Sort quand il veut impunément;
Les autres vens ſouuent s'eſchapent,
Lors mal-heur à ceux qu'ils attrapent:
Mal-heur aux arbres: aux clochers,
Mal-heur aux vaiſſeaux, aux Nochers,

Mal-heur à toutes cheminées,
Qui deuiennent lors enfumées,
Estant ainsi capricieux ;
Iupiter le grand Roy des Cieux
Dessous de grandes roches dures,
En de grandes caues obscures,
Les tient enfermez, sous la clef,
Imposant dessus eux vn chef,
Qui leur lâche à propos la bonde
Quand il faut balier le Monde.
C'est donc là que la Dame vint,
Voicy le discours qu'elle tint
Quasi parole pour parole,
Au Roy des quatre vens Eole,
O toy qui fais ce qui te plait
Du sud, du Nord, de l'Ouëst de l'Est,
Et qui de mon espoux & frere,
Roy des hommes, des Dieux le pere,
As eu le don de rendre l'air
Comme tu veux obscur ou clair,
Vne carauane Troyenne
Vogue dessus la mer Tyrenne,
Ce sont gens qui ne vallent rien
Ausquels ie ne veux pas grand bien

Ils esperent en Italie
Leur retraite bien establie,
Chargez de hardes, & d'escus,
Et de leurs Penates vaincus,
Ils y voguent le vent en poupe,
Et n'est pas vn en cette troupe
Qui me rende ce qu'il me doit,
En fin on en abuseroit,
Si ie les laissois bragues nettes
Ils diroient de moy cent sornettes:
Si tu me veux bien obliger
Fais vistement le temps changer,
Donne leur, d'vn vent de Galerne
Qui iusques au Ciel me les berne:
Ou bien plutost des quatre vens
Qui iour & nuit les poursuiuans,
Brisent leurs vaisseaux contre terre;
Comme s'ils n'estoient que de verre,
Afin qu'ils craignent tout de bon
La diuinité de Iunon,
I'ay pour Damoiselles suiuantes
Quatorze Nymphes tres-galantes,
Celle que i'estime le plus
Sera la femme d'Eolus,

C'est la parfaite Deiopée,
Vn vray visage de poupée,
Au reste on ne le peut nier
Elle est nette comme vn denier,
Sa bouche sent la violette
Et point du tout la ciboulette,
Elle entend & parle fort bien
L'Espagnol & l'Italien,
Le Cid du Poëte Corneille
Elle le recite à merueille,
Cout en linge en perfection,
Et sonne du Psalterion,
A cela que dit Maistre Eole,
I'aurois la ceruelle bien folle
Si ie ne vous disois oüy,
Respondit-il tout resiouy,
Et descouurant sa teste chauue;
Qui fut iadis de couleur fauue,
C'est à vous, Dame, à commander,
Et ie n'ay rien qu'a seconder,
Les volontés de ma Princesse
Sans m'enquerir pourquoy, ny qu'est-ce,
Par vous i'ay dans le firmament
Vn assez bel appartement,

Par vous Iupiter fauorable
M'admet à sa diuine table,
Ou j'auale tant de Nectar
Que ie m'en trouue gras à lard,
Ou d'Ambrosie, & de la bonne
Iusqu'au cou souuent ie me donne,
Et toutes ces felicitez
Sont les effects de vos bontez,
Cela dit à la haste, il darde
Contre le roc vne halebarde,
Elle y fit vn petit pertuis,
Il ne falut point vn autre huis
Aux vens pour faire vne sortie,
Dont la mer toute peruertie,
Aux hommes sur elles flotans
Fit bien tost mal passer le temps,
Les vagues que les vens enflerent
Iusqu'au Ciel les vaisseaux porterent,
Mais ils en furent raportez
Plus viste qu'ils n'estoient montez,
Le choc des vagues forcenées,
Le fracas des nefs ruinées,
Les cris, & les gemissemens,
Les vens, & leur mugissemens,

La groſſe pluye, auec la greſle,
Tombantes du Ciel peſle-meſle,
Tout cela faiſoit vn beau bruit,
Le iour eſtoit deuenu nuit,
Les eſclairs ſeuls luiſoient ſur l'onde,
Car pour le beau flambeau du Monde
Voyant tous les vens déchainez,
Mettant ſon manteau ſur ſon nez,
Il auoit regagné bien viſte
De peur d'eſtre moüillé, ſon giſte,
Alors Æneas le pieux,
Regardant triſtement les Cieux,
Laſcha ces piteuſes paroles,
Ie ſeray donc mangé des ſoles?
Cria-t'il, pleurant comme vn veau,
Et ie finiray dedans l'eau?
O quatre ou cinq cent fois heureuſes
Ames nobles & valeureuſes,
De qui les corps maintenant ſecs,
Decoupez par les glaiues Grecs,
Ont eſté de la mort la proye,
Deuant la muraille de Troye,
O le plus vaillant des Gregeois
Diomede le Rabaiois,

Pourquoy ne m'as-tu de ta lance
Percé l'estomac ou la pance,
I'en aurois le bon Dieu loüé
Et t'en aurois bien auoüé,
Au moins aurois-je l'auantage
D'auoir tesmoigné mon courage,
D'estre mort auec Sarpedon,
Ce maistre ioüeur d'espadon,
Aupres d'Hector cét inuincible
A tous les Gregeois si terrible,
Qui si souuent couuroit les bords
Du fleuue Xante de corps morts,
Du fleuue Xante de qui l'onde
A tant enseueli de monde,
Au lieu que mourir dans la mer
Ou tout ce qu'on boit est amer,
Mangé des Harangs, & Moluës
Des Soles, Turbots, & Barbuës,
Est vn mal-heur qui me feroit
Rendre grace à qui me pendroit,
Vn vilain vent sans dire gare
(Il faloit qu'il fust bien barbare
D'attaquer vn homme si bon,)
Luy fit bien changer de jargon;

Il s'embarassa dans les voiles,
Rompit les cordes & les toiles,
Et fit entrer dans le vaisseau
Ie ne sçay combien de muis d'eau.
La troupe d'espoir desnuée
Fit vne piteuse huée,
Vn flot iusqu'au Ciel l'esleua
Puis aussi-tost le flot creua,
Laissant en mer vne ouuerture
Ou chacun vit sa sepulture,
Trois vaisseaux des vens mal-traitez
Dans les rochers furent portez,
Trois dans les escueils s'ensablerent
Dont les plus resolus tremblerent,
Des soldats Lyciens la nef
Donc le braue Oronte estoit chef,
Des vens & des flots combatuë
Fut à la fin par eux vaincuë,
Vn gouffre à la fin l'absorba,
Ou pour mieux dire la goba,
Iamais on ne vit tel orage,
Ny si triste remu-mesnage,
Les pauures mal-heureux Troyens
Las & recrus comme des chiens,

Vuiderent lors toutes leurs tripes,
Lors on vid force bonne nipes
Floter parmy les ais brisez,
Et les corps de force espuisez;
Quelques-vns vainement nagerent,
Mais les bras bien-tost leur manquerent,
Car les mal-heureux n'auoient pas
Des calebasses sous les bras,
La nef du fort Ilionée
Des grands coups de vent ruïnée,
Celle du fidelle Achatés
D'Abas, & du vieil Aletés,
Tournoient comme des giroüettes,
Faisoient en mer cent piroüettes,
Qui pis est la cane souuent,
Mais ainsi le vouloit le vent,
Ces maistres balieurs du monde
Faisoient ainsi rage sur l'onde,
Mais Neptune au poil bleu mourant
Qui n'a pas l'esprit endurant,
Se douta bien-tost de l'affaire,
Encor qu'on taschât de luy taire,
De peur qu'en estant irrité
Il n'en alterast sa santé,

Mais voyant l'obſcurité telle
Qu'il auoit beſoin de chandelle,
Encor qu'il ne fut que midy,
Et que le poiſſon eſtourdy,
S'alloit cachant dans les rocailles,
Le Roy du peuple porte eſcailles,
Pouſſa ſon char fait en bateau
Deuers la ſur-face de l'eau,
Lors qu'il miſt hors de l'eau la teſte,
Les flots nonobſtant la tempeſte
S'abaiſſerent de la moitié,
Les Troyens luy firent pitié,
Et les autheurs de leur miſere
Le mirent bien fort en colere,
Connoiſſant la mauuaiſe humeur,
Et le chien d'eſprit de ſa ſœur,
Il ne douta point que l'orage
Ne fut vn effet de ſa rage,
Auſſi-toſt qu'en paume il ſiffla
Au diable le vent qui ſouffla,
Et qui lors eut le mot pour rire
Il appella le vent Zephyre,
Et le vent Eure, tous honteux
Ils vinrent deuant luy tous deux,

La iouë à demy desenflée
Et iusqu'au menton aualée;
Alors qu'il les eut deuant luy,
Ce n'est pas, dit-il, d'auiourd'huy,
Que sans regarder qui vous estes,
Sans songer à ce que vous faites,
Et si ie le trouueray bon,
Vous exercez vostre poulmon,
A troubler le repos du monde,
Faire des vacarmes sur l'onde,
Et ietter de la poudre aux yeux,
Au premier chapitre des Cieux;
I'ay bien peur si mon auis passe,
Que le Roy du Ciel ne vous casse,
Et la broüée, & les frimas,
Par la mort? il n'acheua pas,
Car il auoit l'ame trop bonne,
Allez, dit-il, ie vous pardonne,
Tirez-vous vistement d'icy,
Et ne pensez plus faire ainsi,
Sur mes flots vostre soufflerie,
Ie n'entendray pas raillerie,
Et que vostre beau Roy de vent
Porte respect à mon trident,

La mer n'est pas de son domaine,
Qu'en sa demeure soûterraine
Il vous donne s'il veut la loy;
Sans rien entreprendre sur moy;
Le vent Eure, & le vent Zephire
A cela n'eurent rien à dire,
Vn vaisseau Troyen eschoüé,
Par Triton, & Cimothoé,
Fut dégagé d'vn banc de sable,
N'ayant plus ny voile ny chable;
Trois autres tous desarnachez,
Par les vens sur les rocs iuchez,
Par les mesmes à grande peine
Regaignerent l'humide pleine;
Le bon Neptune cependant
Rendit d'vn seul coup de trident,
La mer auparauant si fiere
Paisible comme eau de riuiere,
Et puis deuenu tout gaillart,
Fit faire auecque beaucoup d'art
A son char mille caracoles,
Sur le lac ou l'on prend les soles;
Lors aussi poly qu'vn miroir,
Lors vrayment il le fit beau voir,

Et les Dieux marins qui le virent
La dessus compliment luy firent;
Et le Soleil pareillement,
Reuenu depuis vn moment;
Quand il vit que vent, & nuage:
Et tout ce qui faisoit l'orage,
C'estoit enfuy vers l'Horison:
Tout ainsi, par comparaison,
Qu'en vne populace esmeuë
Ou l'on oyt crier tuë, tuë,
Et que les bastons, & caillous
Volent faisans bosses, & trous;
Si quelqu'vn à la grande barbe,
Et de maiestueuse garbe,
Sans craindre pierre ny baston,
Vient haranguer comme vn Caton,
Il impose aussi-tost silence,
Fait cesser toute violence,
Et chacun retourne chez soy
Disant c'est luy, ce n'est pas moy,
De peur d'estre mis en sequestre,
Tant l'honorable Bourgue-mestre
Grondant icy, caressant là
Dans la ville met le hola,

Auec vne conduite telle,
Qu'on diroit que ce n'est plus elle;
Le Roy des flots ny plus ny moins,
Par sa diligence, & ses soins,
Apres auoir laué la teste
Aux vens, autheurs de la tempeste,
Rendit la mer malgré le vent
Aussi paisible que deuant.
Cependant les soldats d'Ænée,
Malgré Iunon la forcenée,
S'éforçoient à force de bras
Encore qu'ils fussent bien las,
De gaigner la terre voisine,
Mal satisfaits de la marine,
Enfin ils ramerent si bien
Qu'ils virent le bord Libien;
La Mademoiselle Nature
Fait vn port sans architecture,
D'vne petite Isle couuert,
Ou personne n'est pris sans vert,
Car en tout temps d'herbe nouuelle,
Mais entre-autres de pimprenelle
Elle est pleine iusqu'en ses bors
Au grand bien de ceux de dehors,

Qui viennent chaque iour de terre
En prendre pour mettre en leur verre;
Ce port peu connu des Nochers
Tout enuironné de rochers,
Represente vne scene antique,
Deux escueils font comme vn portique,
A l'abry desquels les vaisseaux
N'ont peur de la fureur des eaux,
Ny des vens qui leur font la guerre
Non plus que s'ils estoient sur terre,
On prendroit ces escueils hideux,
Dont les arbres sont les cheueux,
Pour des Geans qui sont en garde
S'ils estoient armez d'halebarde,
Les rochers de l'autre costé
Sont tres-commodes en Esté,
Chacun d'eux ayant dans son ventre
Vne cauerne, ou bien vn antre,
Ou logent, maudit soit qui ment,
Les Nymphes ordinairement;
Là de belles sources d'eau douce,
Dont les bords sont couuerts de mousse,
Disent à celuy qui les voit
Ne voulez-vous pas boire vn doit?

Tout aupres vne forest sombre
Ou l'on est en tout temps à l'ombre,
Et dont les arbres tousiours vers
Sont de l'âge de l'Vniuers,
N'a iamais senty, que ie sçache,
Coup de serpe, coignée ou hache,
Et iamais en ce port caché
L'anchre ne s'estoit accroché;
Ænée en eut le pucelage,
Et premier foula ce riuage
De sept vaisseaux accompagné,
Tout le reste estoit esloigné
De cette flote dissipée,
Ayant donc la terre attrapée,
Dieu sçait s'ils furent diligens
A descendre les bonnes gens;
Lors Achates vn fer empoigne,
Et contre vn caillou si bien coigne
Qu'il en fit non pas pour vn peu
Sortir esteincelles de feu:
Ce feu pris à matiere seiche
(Ie ne sçay pas si ce fut méche,
Si ce fut bois viel, ou bien neuf)
Deuint grand à rostir vn bœuf,

Lors

Lors fut des vaisseaux descenduë
Toute la Ceres corrompuë,
En langage vn peu plus humain,
C'est ce dequoy l'on fait du pain,
Quelques-vns au feu la seicherent
Estant seiche la concasserent,
Puis en firent des échaudez
Qui ne furent guere gardez,
Et puis Æneas sans échelle
Suiuy d'Achates le fidelle,
Monta sur le haut d'vn escueil,
La tant que put aller son œil
Il chercha sa flotte écartee,
La nef de Capis, & d'Antee,
Le grand vaisseau de Caicus,
Et les autres vaisseaux vaincus,
Grace à Iunon la male beste,
Par les efforts de la tempeste,
Vainement ses yeux il frota,
Les ouurit, & les clignota,
Il ne vit vaisseau, ny galere,
Dont le bon Seigneur desespere,
Mais bien vit-il trois cerfs gaillards
Suiuis de biches, & brocards,

Cela le fit vn peu ſoûrire,
Bon, dit-il, voicy de quoy frire,
Il banda ſon arc, cela dit
Prit ſon carquois & deſcendit,
Achates prit ſon arbaleſte
Voulant tuer auſsi ſa beſte,
Lors le bon Prince de tirer,
Et les cerfs de ſe retirer
Pour gaigner la foreſt voiſine,
Mais Æneas les aſſaſine
Auec tant d'adreſſe, & ſi bien,
Qu'il en met ſept en moins de rien
Mort eſtendus deſſus la terre,
Il ne fit pas plus longue guerre,
Voyant autant de cerfs à mort
Qu'il auoit de vaiſſeaux au port,
Cette belle occiſion faite
N'ayant ny trompe, ny trompette,
Ny de voix aſſez pour crier,
Vn chifflet de chauderonnier
Achates tire de ſa poche,
A ce chifflet chacun approche,
Puis ſur des auirons croiſez
Tous ces corps morts furent poſez,

Et portés à grands crys de ioye
Vers les ſept nauires de Troye:
Æneas fit deſembarquer
Force bon vin dequoy trinquer,
Qui n'eſtoit pas de deux oreilles,
Non pas pour quatre ou cinq bouteilles
Aceſtes de pluſieurs tonneaux
Auoit fourny tous leurs vaiſſeaux
Lors qu'ils partirent de Sicile,
Que le bon Seigneur tres-habile
Apres quelques petits refus,
Auoit pourtant fort bien receus,
Puis pour leur donner bon courage
Il leur tint à tous ce langage:
Nous en auons eu dans le cu,
Les vens à ce coup ont vaincu
Mais nous deuons bien nous attendre
Que nous affliger, & nous rendre
Toutes ſortes de déplaiſirs
Eſt le plus grand de leurs deſirs,
Peu de maux ſont pareils aux noſtres,
Mais nous en auons bien eu d'autres,
Et peut-eſtre qu'ils finiront
Quand les Dieux ſe rauiſeront,

Nous sommes, sortans de Sicile,
De Carybde tombez en scylle,
C'est tomber de fieure en chaud mal,
Polypheme estrange animal,
Nous fit à tous auoir la fieure,
Il me fit courir comme vn lieure,
Et bien souuent de pur effroy
Il me semble que ie le voy,
Mais l'homme de cœur tout surmonte,
Vn jour que nous ferons le conte
De tant de beaux combats rendus
Nous rirons comme des perdus,
Le sort promet qu'en Italie
Terre a ce qu'on dit fort iolie,
Nous aurons vn iour de repos,
Il ne sçauroit plus à propos
Ce signalé plaisir nous faire,
La mer commence à nous déplaire,
Nous auons trop fait les plongeons,
Il vaut mieux bastir des donjons,
Et faire vne nouuelle Troye,
Qui sur mer enfin ne se noye?
A moins que d'estre vn Cormorant,
Ie croy que le Iuif errant,

N'a pas fait vn plus long voyage,
Mais il faut auoir bon courage
C'a beuuons donc, & nous gardons
Pour les biens que nous attendons;
Il leur fit ce discours de bouche
Mais comme on dit le cœur ny touche,
Il ne rit que du bout des dens,
Et tout de bon pleure au dedans,
Lors chacun se met en besoigne,
Chacun quelque instrument empoigne
Pour trauailler pour le festin,
Tous resiouis d'vn tel butin,
Les vns de leur peau les despoüillent,
Et les autres dans leur corps fouillent
En tirent tripes & boyaux,
Les lauent en deux ou trois eaux,
Puis en font de grosses saucisses:
S'ils auoient iusqu'à des épices.
Puis que Virgile n'en dit mot,
Qui comme on sçait n'est pas vn sot,
Noble & discret Lecteur vous plaise
Permettre aussi que ie m'en taise,
Retournons à nos cuisiniers,
Apres auoir mis par quartiers,

Par aloyaux, & charbonnées,
Ces ſept beſtes aſſaßinées,
Ils mirent la viande au feu,
Puis l'vn trop cuit, l'autre trop peu,
Couchez ſur la gaye verdure
Ils en firent déconfiture,
Et ſe remplirent à foiſon
De vin vieil & de venaiſon:
Si bien beurent ſi bien mangerent
Que la plus part s'en deuoyerent,
Enfin apres auoir diſné
Iuſqu'à ventre déboutonné,
Ils ſe mirent à tuë teſte
A diſcourir de la tempeſte,
L'vn pleure Cloanthe, & Lycus,
L'autre Gyas, l'autre Amycus,
L'autre à ſon compagnon raconte
Comme quoy ſe perdit Oronte,
Ils auront gaigné quelque ports,
Ils ne ſont pas encore morts,
Diſent quelques-vns, quelques autres
Diſent pour eux leur patenoſtres,
On n'euſt pas oüy Dieu tonner
A reſpondre & queſtionner,

Tant ils faiſoient de bruit enſemble :
Cependant le Dieu ſous qui tremble
La voûte du haut firmament,
Comme il agiſt inceſſamment,
Au trauers d'vn chaßis de verre
Iettoit ſes yeux deſſus la terre,
Regardant ſi tout alloit bien
En ſon Royaume terrien,
Comme il viſitoit la Lybie
La Mere d'Æneas le pie,
Ou pour mieux dire le pieux ;
Le cœur triſte, & la larme aux yeux,
Luy tint à peu pres ce langage,
Apres auoir comme tres-ſage,
Auec grande crainte & reſpect
Dit par trois fois Salamalec.
Grand Roy qui faites ſur la terre
Tant de ſi beaux coups de tonnerre,
Et qui tenez dedans vos mains
Le bien & le mal des humains,
Qu'a fait à voſtre Seigneurie
Le pauure Æneas ie vous prie,
Qu'ont fait les pauures Phrygiens
Que vous traitez comme des chiens,

Errer de contrée en contrée,
N'auoir en nulle part entrée,
Souffrir par tout mille trauaux,
Estre poursuiuy des Preuosts,
Comme s'ils estoient des Bohemes
Sont ce là ces bon-heurs extremes?
Et les biens qu'on leur a promis,
Est-ce là les traiter d'amis?
D'Aeneas de ce galant homme
Deuoit tant venir cette Rome,
Dont le destin a fait par tout
Cent contes à dormir de bout,
A ces pauures bannis de Troye
(Dieu que i'en ay pleuré de ioye,
Mais maintenant pour vn petit
I'en pleurerois bien de dépit)
Vous auiez promis vn azyle,
Si seur que leur superbe ville
Qu'a mis en feu le Grec vainqueur
Ne leur deuoit tenir au cœur,
Des descendans du ieune Iule
Deuoit venir ce grand Romule,
Tous ces benois Peres conscripts,
A la barbe longue, au poil gris,

La nation porte ſoutane
Inuentrice du veau Mongane,
Qui deuoit établir ſes lois
Sur l'Indien & ſur l'Anglois,
Et ſe rendre enfin par la guerre
Maiſtreſſe de toute la terre,
Mais c'eſt autant pour le brodeur,
Le Deſtin n'eſt qu'vn vray menteur,
Et vous mon tres-Reuerend Pere
En qui mon fils en vain eſpere,
Ie voy bien que le plus ſouuent
Vous ne promettez que du vent,
Qui n'euſt crû ſur voſtre parole
A moins que de paſſer pour folle,
Que ſuiuant l'Arreſt du deſtin
Il auroit le païs Latin,
Mais cette region promiſe,
Apres remiſe ſur remiſe,
A la fin du conte ſera
Le diable qui l'emportera,
Au lieu de ces belles conqueſtes
Sur mer il aura des tempeſtes,
Sur terre il n'aura que des coups,
A tout cela que ferions-nous

Sinon le prendre en patience,
Qui, comme on dit, passe science,
Puis que gens à mal faire nez
Vous menent ainsi par le nez,
Vous deuriez les faire pendre,
Si vous sçauiez aussi bien rendre
La Iustice, que vous sçauez
Pardonner aux gens déprauez:
Antenor sans tirer l'épée,
Apres l'auoir belle eschapée,
Aussi bien que mon pauure fils,
Suiuy de ses gens déconfits
A trauersé l'Esclauonie,
Et son heureuse colonie
Pres du pays ou l'Eridan,
Rend son tribut à l'Ocean,
A bien & beau fondé Padouë,
A tous les voisins fait la mouë,
Et leur monstre fort bien les dens
A lors qu'ils sont trop les fendans,
Il est la qui rogne, & qui taille,
Qui chasse, qui boit, & qui raille,
En fin qui fait ce qui luy plaist,
On sçait pourtant bien ce qu'il est,

On ſçait bien que ce n'eſt qu'vn traiſtre,
Et mon fils ayant l'honneur d'eſtre
Parent de la plus part des Dieux,
Mon fils qu'on nomme le pieux,
A perdu vaiſſeaux, & bagage,
A mis tous ſes habits en gage,
Se voit des vns vilipendé,
Des autres grondé, gourmandé,
Tout cela par ie ne ſçay quelle
Qui parce qu'on me trouue belle,
Dit par tout que ie ne vaux rien;
Grace à Dieu l'on me connoit bien,
Si ce n'eſt qu'il y va du voſtre
Et qui toque l'vn toque l'autre,
Ie dirois tout ce que ie ſçay
Mais pour mieux faire ie me tay;
Elle en eût bien dit dauantage,
Mais la bonne Dame de rage
Se mit tellement à pleurer,
A ſangloter, à ſouſpirer,
Enfin fit tant de l'enragée,
Qu'il eut peur la voyant changée
Qu'elle n'eut quelque Diable au corps,
Tout autre que luy l'eût crû lors

Mais il se connoist trop en diable,
Or comme il est tres-pitoyable,
Et quand il voit souffrir autruy
Il souffre presque autant que luy,
Ce grand Dieu se mit a sourire,
Il me semble auoir oüy dire
Que quand il rit tout en va mieux
Sur mer, sur terre, & dans les cieux,
Ce Dieu donc des Dieux le plus sage
Se r'adoucissant le visage,
Et la prenant souz le menton
Luy dit, bon Dieu que diroit-on,
Si l'on vous voioit ainsi faire,
N'auez-vous point honte de braire,
Ainsi que la femme d'vn veau,
Ha vrayment cela n'est pas beau,
Ne pleurez plus la Cytherée,
Et tenez pour chose asseurée,
Tout ce qu'a predit le Destin
D'Aenée & du pays Latin,
Vous le verrez bastir muraille
De brique & de pierre de taille,
Et faire vne Lauinium
Qui vaudra bien son Ilium,

Et peut-estre sera plus belle,
Puis vous le verez sans eschelle
Vn beau matin monter au cieux,
Pour estre vn de nos demy-dieux,
Mais sçachez s'il vous faut tout dire
Que pour établir son Empire,
Il aura bien à déguaisner,
Et bien de combats à donner,
Contre vn peuple fier & barbare,
Et qui frape sans dire gare,
Mais si bien il escrimera
Que de tout à bout il viendra,
Et de farouches comme bestes,
En fera des gens fort honnestes,
Qui sçauront faire complimens,
Et bien joüer des instrumens,
Trois fois les prez auront des herbes,
Et les jaunes guerets des gerbes,
Et trois fois durant trois hyuers
Ils seront de neige couuerts,
Cela veut dire trois années,
Que toutes guerres terminées,
Et tout ses ennemis vaincus
Par le tranchant de son Malcus,

Il regnera Roy pacifique,
Et pour Monsieur son fils vnique
Ascagne qu'on nomme Iulus,
Qu'on nommoit autrefois Ilus,
Deuant qu'Illium la superbe,
Deuint vn champ brûlé sans herbe,
Trente ans entiers il regira
Lauinium, qu'il quittera
Pour faire vne ville nouuelle,
Apellée Albe, sur laquelle
D'Hector les genereux enfans,
Regneront durant trois-cens ans,
Iusqu'à tant qu'vne Reyne nonne.
Mette au iour sa race bessonne,
Dont Mars le Dieu gladiateur,
Passera pour fabricateur.
Et puis apres son fils Romule
A l'imitation d'Hercule,
Portant au lieu de iuste au corps,
Peau de Louve poil en dehors,
Ramassera par les villages
Tous les faiseurs de brigandages,
Tous gens de dangereuses mains
Desquels il fera les Romains,

Leur ville s'appellera Rome
Du nom de ce tant honneste homme,
Ie ne donne aucun temps prefix
A ces enfans de vostre fils,
Pour le terme de leur empire,
Il durera sans qu'il enpire,
Iusqu'a tant que tout prenne fin,
Amen, dit Venus, & Iupin
Reprit aussi tost la parole,
Et pour Iunon qui fait la fole,
Et se fait à quatre tenir,
Vous la verrez bien reuenir,
Apres auoir bien fait la guerre,
Remué le Ciel, & la terre,
Et fait tous ses efforts en vain,
Mettant de l'eau dedans son vin,
De ces peuples qu'elle tourmente,
Elle se dira la seruante,
D'elle cheris autant & plus
Qu'ils auront esté mal-voulus,
Dans peu de temps Phtye & Micene
Auiourd'huy si fiere & si vaine,
Verra ses habitans vaincus
Par les enfans d'Assaracus,

Aura meſme deſtin que Troye,
Et des Romains ſera la proye,
Puis ſur la terre reluira
Ceſar, qui l'aſſuiettira,
L'Ocean ſouffrira ſes voiles,
Sa gloire ira juſqu'aux eſtoiles,
Et luy meſme enfin y viendra,
Lors ſon illuſtre nom ſera
Colloqué dans la Litanie,
La diſcorde ſera bannie
Plus de guerres en l'Vniuers,
Si non en proſe, ou bien en Vers,
Quand Autheurs aux teſtes mal-faites,
Comme par exemple Poëtes
A grands coups de vers outrageans
Apreſteront à rire aux gens,
En terre la foy retournée,
Et Veſta qui l'a r'amenée
Reme, & ſon grand frere Quirin,
C'eſt à dire en françois Guerin,
Donneront par tout vn tel ordre
Que perſonne ny pourra mordre,
Du temple du Dieu double front
Les portes ſe condamneront,

La

La fureur impie, & la rage
Seront la prises comme en cage,
Et s'vseront toutes les dens
A ronger du fer la dedans.
Iupiter se seicha la langue
A cette ennuieuse harangue,
Iusqu'à s'en enroüer la voix,
Venus en bailla quatre fois,
Mais enfin il conclut la chose,
Dont l'Autheur qui ses vers compose
En son cœur la remercia,
Car si fort il s'en ennuya,
Que deux fois faute de courage
Il pensa quitter la l'ouurage;
Iupiter donc quand il luy plût,
Certes plus tard qu'il ne fallut,
Cessa de faire le Prophete,
Et Venus la Dame coquette,
Luy fit complimens la dessus
En termes eloquens conceüs,
Lors il fit venir pour luy plaire
Son fils, son courier ordinaire
C'est son fils ce fils de putain,
Qui sçait parler Grec & Latin,

Qui coupe si bien vne bourse,
Qui de l'eloquence est la source,
Sçait bien jouër des gobelets,
Faire comedie & balets,
Inuenteur des detz, & des cartes,
Des tourtes, pouplelins, & tartes,
Et pour acheuer son tableau,
Sur le tout vn peu maquereau,
Ce messager prompt & fidelle:
Gagne la terre à tire d'aile
Enuoyé vers Dame Didon
Par le grand mary de Iunon,
(Vous allez sçauoir toute à l'heure
Quelle est Didon & sa demeure)
C'estoit pour adoucir les cœurs,
Et les barbaresques humeurs
De la nation Tyrienne
En faueur de la Gent Troyenne,
Iupiter ainsi faisant, prit
Le dessein d'vn homme d'esprit,
Car si Didon mal informée
D'Ænée & de sa renommée,
De l'intention du destin,
Et qu'il estoit cher à Iupin,

Si dis-je cette Dame Elise
Comme de vrais peteurs d'Eglise,
Les eût chassez de son estat,
Leur eût refusé tout à plat
Dans son païs une retraite,
C'est vne chose claire & nette
Qu'elle eut lors à Iupin rendu,
Vn déplaisir non attendu,
Dont elle auroit pû luy déplaire,
Mais elle leur fut débonnaire
Iusqu'à dit-on, faire en cela
Tout ce qu'il faut mesme au dela:
Cependant nostre Maistre Ænée
Ayant eu mauuaise iournée,
Eut encore vne pire nuit,
A peine le soleil reluit,
Qu'il veut voir si de ce riuage
Le peuple est ciuil ou sauuage,
Et sçauoir si les habitans
Sont Chrestiens ou Mahometans
Il se leua donc à la haste
Ne menant auec luy qu'Achate,
Qui prit en ses mains en tous cas
Deux dards & son grand coutelas,

Affin d'estre tousiours en garde,
Ie vous oubliois par mesgarde,
Qu'il mit sa flotte en vn endroit
Que personne ne trouueroit,
Si ce n'estoit par necromance,
Et qu'il fist expresse deffence
Que sur peine du morion
Autant Cheualier que pion
Personne ne mit pied à terre,
Qu'il n'eut bien fait à l'œil la guerre.
Et sceu si ce port escarté;
Seroit vn lieu de seureté
Sa mere voulut l'en instruire
Et luy faire piece pour rire,
Prenant donc toute la façon
D'vne fille faite en garçon,
Et paroissant vn ieune drole
Ayant vn fusil sur l'espaule,
Et chien couchant chassant deuant,
Branlant la queuë, & nez au vent
Æneas qui l'à vit vestuë,
Tout de mesme que la Statuë;
De Diane qui va chassant
Luy rendit salut en passant,

La dessus vne perdrix rouge
Des pieds de la celeste gouge
Partit, en ioüe elle la coucha
Mais son gibier point ne toucha,
Soit que la poudre fut peu fine,
Ou bien que la Dame Cyprine
Ferma les yeux voyaut du feu,
Ou bien quelle l'entendist peu,
Elle en rougit vn peu la belle,
Son braue fils s'aprocha d'elle,
Elle luy fit vn doux regard
Luy disant Monsieur Dieu vous gard,
A cette parole obligeante
Qui l'ame de son fils enchante,
Ce ne fut pas pour vn petit
Qu'il en deuint tout interdit,
Il fit pourtant le pied derriere
D'vne assez gentille maniere,
D'vne bouche sentant le thim
Et d'vn son de voix argentin,
Elle luy fit cette harangue,
Ie ne sçay pas en quelle langue.
N'auez vous point veu par icy?
De quoy ie suis en grand soucy,

Quelques-vnes de mes compagnes
Qui vont chaſſans dans ces campagnes
Apres vn cerf qui va fuyant,
Il reſpondit en begayant,
Ie n'en ay veu teſte ny queuë,
O belle à la prunelle bleuë,
Belle que ie ne puis nommer,
Belle qui m'auez pû charmer
Par ie ne ſçay quelle lumiere
Que vous auez dans la viſiere,
Hà par ma foy i'en ſuis rauy,
Maudit ſoit ſi iamais ie vy
Face qui m'ait pleu dauantage,
La male-peſte quel viſage,
Et que qui vous regardera
Sans cligner impudent ſera,
Vous ſentez la Dame diuine,
I'en iurerois ſur voſtre mine,
Mon nez ne ſe trompe iamais
En ce qui ſent bon ou mauuais
Voſtre gouſſet & voſtre haleine
Ne furent iamais d'affriquaine,
Ils ont ie ne ſçay quoy du Ciel,
Voſtre bouche exhale le miel,

Ou vous estes vne Deesse,
Ou du moins Nymphe, ou ie confesse,
Que ie puis aussi n'estre pas
Le pieux Messire Æneas,
Les vents m'ont en cette contrée
Donné malgré mes dents entrée,
Daignez moy dire au nom de Dieu,
S'il fait seur pour nous en ce lieu,
Et me faites l'honneur de croire,
Que vous aurez bien de quoy boire.
Ie ne suis pas en verité
D'vne si haute qualité,
Dit Venus, mais vostre seruante
Hà vous estes trop obligeante,
Ce dit-il, & j'en suis confus
Et moy si iamais ie la fus
Ce dit-elle, & luy de sourire
Disant cela vous plaist à dire,
Puis sa teste il desafubla,
Elle ses deux iarets doubla
A luy faire vne reuerence,
Il fit vne circonference
Du pied gauche à l'entour du droit,
Et cela d'vn air tant adroit,

Le pauure fugitif de Troye
Que ſa mere en pleura de ioye,
Enfin tous ces deuoirs rendus
A l'vn & l'autre ſi bien deus,
D'vne bouche ſentant l'eau roſe,
Elle luy dit, C'eſt vne choſe,
Ordinaire aux Dames de Tyr,
D'aimer la chaſſe, & ſe veſtir
De meſme que ie ſuis veſtuë,
De courir à bride abatuë,
Et ſans faire trop de façons
De viure comme des garçons,
C'eſt icy la terre Punique,
Le peuple en eſt fort colerique
Qui de Tyr, qu'Agenor fonda,
En cette contrée aborda
Auecque Didon noſtre Reine,
Que la tirannie, & la haine
De ſon frere, Pigmalion
Pire qu'vn tigre, & qu'vn lion,
Contraignit de plier toilette;
Et de déloger ſans trompette,
Vn pied mal chauſſé, l'autre nu,
En ce riuage peu connû

Les

Les Dieux luy donnent vn azyle,
Elle y fait bastir vne ville,
Si ce n'est vous importuner,
Et que vous vouliez vous donner
La patience de m'entendre,
I'auray plaisir de vous aprendre
Son histoire dont aisément
On feroit vn fort beau Romant,
Volontiers belle Tyrienne,
Et ie vous conteray la mienne
Qui ie gage cent karolus
Vaut bien le vostre & mesme plus,
Nous verrons, repondit la belle,
Didon fut l'espouse fidelle
De l'infortuné Sicheus,
A qui plus traistre que Breus.
Pigmalion le sanguinaire,
Comme il recitoit son breuiaire,
D'vn coup d'arquebuse à roüet
Action digne du foüet,
Fit vn trou dans le mezanterre,
Son espouse s'en desespere
En fait faire information,
Mais de cette noire action

Elle n'eut aucune nouuelle,
Tant le meurtrier infidelle
Sceut tenir ſon crime ſecret,
La pauurette en meurt de regret,
De ſes treſſes lors mal peignées
Elle arrache maintes poignées,
Se prend aux Aſtres innocens,
La rage maiſtriſſe ſes ſens,
Vne nuit qu'elle pleure & crie,
Et pour le pauure deffunt prie
Elle le voit percé de coups
Et tout ſanglant ce pauure eſpoux,
Qui d'vne voix eſpouuentable,
Luy conte l'acte deteſtable
Et que ſon frere auoit grand tort
De l'auoir ainſi mis à mort,
Penſant par cette iniuſte voye
Auoir ſon or & ſa monnoye,
Didon luy donna le bon-ſoir
Parce qu'elle auoit à le voir,
Vne frayeur extraordinaire,
Elle diſſimula l'affaire
Et s'aſſeurant des mal-contens,
Prend vn beau iour ſi bien ſon temps

Que tout ce que ce frere iniuſte
Auoit d'argent piſtole ou Iuſte,
Et tous ſes meubles les plus beaux,
Chargez en vingt & cinq vaiſſeaux,
Aborderent en ce riuage,
Ou Didon fait baſtir Cartage,
Le proprietaire du lieu
Ayant eu le denier à dieu,
Creut la tromper, & ne luy vendre
Qu'autant de lieu qu'en peut comprendre
La peau d'vn bœuf, tant grand fut-il,
Mais Didon par vn tour ſubtil
Fit couper cette peau par bandes,
Et fit les meſures ſi grandes,
Que ſa ville par ce bon tour
Malgré le vendeur eut grand tour:
Mais vous à qui cecy ie conte
Daignez auſsi me rendre compte,
Et du païs d'où vous venez,
Et du chemin que vous tenez
Dites moy quelles gens vous eſtes,
Quel eſt le meſtier que vous faites,
Et quelle eſt la religion
Qu'on profeſſe en la region

Ou vous elisez domicile ;
Nous ne sommes pas de Sicile,
Dit Æneas, mais d'vn païs
Où les gens sont bien esbahis,
Ou bien fort contre les Grecs pestent,
S'entend si gens encore y restent,
Car ie croy bien en bonne foy
Qu'ils sont tous venus auec moy,
Pour dire toute mon histoire
I'irois bien iusqu'à la nuit noire,
Deuant qu'en estre à la moitié,
C'est vn conte à faire pitié
Et que i'ay bien peur qu'on ne croye,
Si iamais le grand nom de Troye
Ce Royaume si bel & bon
Qui n'est plus que cendre & charbon,
Et le tesmoignage effroyable
Qu'icy bas tout est perissable,
Si iamais ce nom glorieux
Est paruenu iusqu'en ces lieux,
Vous sçauez bien quelle est la terre
D'ou me chasse vn horrible guerre,
I'en suis sorty sans dire à dieu,
Et si ie me trouue en ce lieu

Cela ne vient pas de ma teſte,
Mais ſeulement de la tempeſte,
Qui m'a ietté comme vn corps mort
Comme par meſpris en ce bord,
Ie ſuis le pieux Maiſtre Ænée,
De qui la gloire n'eſt bornée
Qui des voutes du firmament.
Et cela maudit ſoit qui ment,
I'emporte nos Dieux tutelaires
Souſtraits aux Gregeois ſanguinaires,
Qui comme ils ſont eſprits follets
S'en euſſent fait des marmouzets;
I'ay grand deſſein ſur l'Italie,
On me dira que c'eſt folie,
Mais ainſi le veut Iupiter,
Si ie l'allois meſcontenter,
M'honorant de ſa parentelle,
Ie ſerois vn Iean de Niuelle,
Quand ie me ſuis mis ſur les eaux
I'auois pour le moins vingt vaiſſeaux,
Mais les vents me l'ont baillé-belle,
Quoy que protegé de Cybelle,
A peine de vingt que i'auois
En ay-je ſept en tapinois,

Que i'ay cachez en ce riuage,
I'en pleurerois quaſi de rage
Ie me voy ſans vn quart d'eſcu,
Pauure mal-heureux froit au cu
Dans ces grands deſerts de Lybie,
Ie ſuis & d'Europe & d'Aſie,
Chaſſé tout ainſi qu'vn vilain;
Venus le voyant en beau train
D'iniurier la deſtinée,
Comme mere paßionnée
Ne peut le voir ainſi pleurer,
Se plaindre & ſe deſeſperer,
Mais pour luy redonner courage
Elle luy tint ce doux langage;
Vous n'eſtes pas homme de rien
Ou ma foy ie me trompe bien,
Mais qui que vous ſoyez beau ſire,
I'ay quelques choſes à vous dire
Qui de ces funeſtes propos
Vous tireront fort à propos,
Prenez vne chemiſe blanche,
Außi bien nous auons Dimanche,
La voſtre & ce mouchoüer noüé
Semblent le linge d'vn roüé

Allez voir Didon dans ſa ville,
C'eſt vne Dame tres-ciuile,
Qui vous donnera de ſa main
Dequoy paſſer voſtre chemin,
Si i'ay le don de bien connoiſtre
Par les choſes qu'on voit paroiſtre,
Ce que les choſes deuiendront,
Et du ſuccez qu'elles auront,
Si mes parens m'ont bien inſtruitte,
Voyez vous cette longue ſuitte
De cignes qui volent là bas,
Non, dit-il, ie ne les voy pas,
La male-peſte ſoit la beſte
Dit elle, en luy tournant la teſte,
Tenez les voyla vis à vis,
Ce ſont oiſons à mon auis
Dit Achates, que vous importe
Oiſons ou cignes, diable emporte
Vous me feriez bien enrager:
De peur de la deſobliger
Il ne conteſta pas la choſe,
Elle rouge comme vne roſe
Ou ſi l'on veut la face en feu,
Se radoucit pourtant vn peu,

Honteuſe de ſa promptitude,
Et puis leur dit d'vn ton moins rude,
Ils ſont ſi ie ſçay bien compter
Seize, l'oiſeau de Iupiter
Beſte au meurtre fort addonnée
Leur à bien la guerre menée,
Mais il n'a rien gaigné ſur eux
Dont ils ſe tiennent bien-heureux,
Il s'en va faire allieurs la guerre,
Voyez les planer terre à-terre
Tous gaillards d'eſtre en ſeureté,
Vos gens de meſme en verité
Dans le nouueau port de Cartage
Ont oublié quaſi l'orage
Cela dit, elle luy parut
Par vne lueur qui courut,
Depuis ſes pieds iuſqu'à ſa teſte,
Telle qu'en quelque iour de feſte
Dedans Paphos elle paroiſt,
Imaginez-vous s'il vous plaiſt,
S'il euſt alors l'ame eſtonnée
Noſtre pauure Meſsire Ænée,
La voyant grandir à l'inſtant
De quatre pieds & d'vn empant,

Sentant de ſon corps diafane
Sortir odeur de frangipane,
Voyant ſes habits s'alonger,
Et la voyant ſi-toſt changer
Reprenant ſa forme premiere,
Que meſme ſans voir la maniere
Dont elle ſe mit à gliſſer
Autre qu'vn ſot n'eût peu penſer
Qu'elle ne fuſt vne Deeſſe;
Lors il cria plein de triſteſſe,
Ma chere mere qu'eſt-cecy,
Me penſez-vous touſiours ainſi
Faire des tours de paſſe-paſſe,
Merité-je cette diſgrace,
Et n'auray-je iamais le bien
De ioindre voſtre bec au mien,
Il à beau la chercher de veüe
Elle le voit ſans eſtre veüe,
Mais afin de luy teſmoigner
Deuant que de s'en eſloigner,
Le ſoin qu'elle à de ſa perſonne,
Et l'vn & l'autre elle enuironne
Au moins Virgile nous l'à dit,
D'vn air eſpais qui les rendit

A tous yeux mortels inuisibles,
Autrement ces peuples terribles
Eussent ne les connoissant point
Pû leur oster chausse & pourpoint:
Il prit le chemin de Cartage
Tout renuitaillé de courage,
Elle prit celuy de Paphos
Ou sur cent cinquante eschafaux
Tous les huict iours on fait des farces
A la diuinité des garces,
Ils s'en allerent donc tout droit
Par vn petit chemin estroit,
Vers la ville teste baissée,
Leur reuerence fut lassée
A monter vn costeau fort haut,
D'où comme d'vn grand eschaffaut
Ils virent la ville nouuelle
Qui d'abord leur sembla fort belle,
Ils se diuertirent long-temps
A regarder les habitans,
Ænée admira leur ouurage,
Aprouua le plan de Cartage,
Et les trouua gens bien hardis
D'entreprendre de tels taudis,

Les vns roulent pierres de taille
Les autres font vne muraille,
Quelques-vns plantent du paué,
Quelques autres vn trou raué
D'vne forte voûte ſouſtiennent,
Les vns vont, & les autres viennent,
L'vn fait vn plancher, l'autre vn toit,
Icy l'on mange, & là l'on boit,
Les Iuges rendent la Iuſtice,
Ou trauaillent à la police,
Icy quelqu'vn attache vn clou,
Là quelqu'autre fait vn grand trou,
Pour en faire puits ou ciſterne,
Là l'on baſtit vne tauerne,
Et là l'on baſtit vn tripot,
Là l'on trauaille du rabot,
Et là l'on exerce la ſcie,
Là la chaux viue eſt amortie,
Là l'on fait mal, là pas trop bien
Là fort peu de choſe, & là rien,
L'vn blanchit vn mur, l'autre vn âſtre,
L'vn trauaille en chaux, l'autre en platre
Tout au pres d'vn commode port
S'eſleue vn grand & vaſte fort,

En fin là l'on taille & l'on roigne,
Là l'on charpente, là l'on coigne,
Là ie ne sçay plus ce qu'on fait:
I'ay peur d'auoir fait vn portrait
Assez long pour pouuoir déplaire,
Mais ie ne sçaurois plus qu'y faire,
Et si i'allois tout effacer
Ce seroit à recommencer,
Hors la ville c'est mesme chose
Dans les champs pas vn ne repose,
Les vns engraissent les guerets,
Les autres vont dans les forests
Chercher dequoy faire vne poutre,
Là les bœufs exercent la coultre
Là l'Elephant lent à marcher
Traine vn grand quartier de rocher,
Les vns pauent les auenuës
De grandes pierres non cornuës,
Les autres font vn aqueduc,
Afin que la ville ait du suc:
Imaginez-vous des abeïlles
Dont l'on conte tant de merueilles,
Qui font de la cire à l'enuy,
Trauailler iamais ie n'en vy,

Parce que toute abeille pique,
Mais i'ay bien leu la Georgique;
Ces animaux si diligens
Dont l'on fait des leçons aux gens,
Sont vne tres-naifue image
De ce peuple qui fait Cartage,
Tant lors qu'ils composent le miel
De la mane cheute du Ciel,
Que lors qu'ils forment leurs logettes
Instruisent leurs ieunes Auettes
Ou vont faire la guerre aux taons
Plus importuns que hannetons;
O bien-heureux ceux qui bastissent,
Et sous des toits se resiouïssent,
Dit Ænée, & qui comme nous
Ne courent pas comme des fous,
Cela dit au fidelle Achate,
Ils descendirent à la haste,
A plusieurs reuerence il fit,
Au diable si l'on luy rendit
N'estant aperçeu de personne,
D'abord cette chose l'estonne
Mais ayant bien-tost reconnû
Qu'inuisible en diable cornû

Sa mere l'auoit bien peu rendre,
Il voulut son plaisir en prendre,
Dieu sçait si tous ceux qu'il toucha,
Sans estre veu qu'il aprocha,
Eurent lors la fiévre bien chaude,
Se sentant donner chiquenaude,
Sans sçauoir par qui ny comment,
Cela les trouble estrangement,
Æneas de rire en esclate
Et s'en espanoüit la rate,
Iamais il ne fit tant le fou
Dont Achates rit tout son saoul:
Dans la ville vn bois vieil & sombre
Tient vn superbe temple à l'ombre,
Dans ce temple cent renardeaux,
Cent blereaux, & cent loueteaux,
Et cent tourteaux de pain d'espice,
Sont presentez en sacrifice,
Tous les mois à Dame Iunon,
Par les Tyriens & Didon,
Quand en Lybie ils aborderent
Au fond de ce bois ils trouuerent
Dans ie ne sçay quel vilain trou
La teste d'vn asne & son cou,

Si l'ouurage du grand Virgile,
Est reçeu comme l'Euangile
On trouuera que i'ay fait mal
De mettre asne au lieu de cheual,
Mais foy de Poëte burlesque,
I'ay leu dans vn liure Arabesque,
Dont i'ay mal retenu le nom
Que c'estoit cellé d'vn asnon,
Ils en firent tous grande feste
D'auoir trouué ce chef de beste,
Chacun bien fort s'en esbaudit,
Iunon ayant vn iour predit
A Didon rauie en extase,
Qu'ils auroient les vertus d'vn aze,
C'est à dire pour parler mieux,
Qu'ils seroient tres-laborieux,
De plus sçauroient la sarabande,
Mais auroient l'oreille vn peu grande,
Et la perruque de barbet,
S'ils trouuoient le chef d'vn baudet
Dans vn trou fait à coups de beche.
Qu'apres cette fatale bresche
Ils auroient le bien de bastir
Ville qui vaudroit mieux que Tyr,

Apres cette heureuse trouuaille,
De maßiue pierre de taille,
Didon fit vn temple en ces lieux
A la femme du Roy des Dieux,
Les portes sont de fine fonte
Les degrez par lesquels on monte
Qui sont d'vn reluisant airin
Pesoient, il ne s'en faut qu'vn grain
Deux mille liures bien pesées.
Pour retourner sur nos brisées
Nos Roze-Croix bien asseurez
De n'estre pas considerez,
Dans ce superbe Temple entrerent,
Et par tout le considererent
L'ouurage leur en sembla beau,
L'ordre du bastiment noueau,
La matiere tres-magnifique,
Et merueilleuse la fabrique,
Æneas s'attachant à tout
Alloit cherchant de bout-à-bout
Dequoy se repaistre la veüe,
Quand d'vne chose à l'impreueüe
D'abord il se trouua surpris,
Mais ayant repris ses esprits

Il

Il en conçeut quelque esperance
Qui n'estoit pas hors d'apparence,
Qu'en ce païs quoi qu'inconnû
Il seroit le tres-bien venu,
Parmy cent choses qu'il contemple
Attendant la Reyne en ce Temple,
Charmé de tant d'objets nouueaux,
Il voit en plusieurs grands tableaux
Mais qui n'estoient pas peints à huille,
L'histoire de sa pauure ville,
Les champs fameux ou si souuent
Il auoit gaigné le deuant,
Quand les Grecs sur les Dardanides
Faisoient vn peu trop d'homicides,
Les Atrides si belliqueux,
Achille qui l'estoit plus qu'eux
De qui souffrit tant de boutades,
Tant de folles rodomontades
Le tres-prudent Agamemnon,
Qui dit si cruellement non
A Priam le Roy venerable,
Quant apres le sort déplorable
De son fils par luy mis à mort
Il voulut, dont il eut grand tort

Par vn excez de barbarie
Que son corps fût à la voirie,
Les larmes grosses comme pois
Luy cheurent des yeux trois à trois,
Ie ne sçay si ce fut de ioye
De voir le grand renom de Troye,
Ou bien si ce fut de douleur
Au souuenir de son mal-heur,
Mais ie sçay que troublé dans l'ame
Il s'escria lors Nostre-Dame?
Et qui l'auroit iamais pensé?
Que de tout ce qui s'est passé
Dans les affaires de Phrygie
On eust nouuelle en la Lybie?
Il n'est païs si reculé
Ou nostre nom ne soit allé.
Voila Priam par Saincte Barbe,
Ie le reconnois à sa barbe,
Au dragon qu'il auoit dans l'œil,
Oüy le voila vestu de deüil,
Ce peuple n'est point si farouche
Que le mal d'autruy ne le touche,
Il est capable de pitié,
Et susceptible d'amitié,

Ce ne ſont point des mangeurs d'hommes,
Ils ſont ma foy ce que nous ſommes,
Chez eux le merite à ſon prix,
Chez eux nous ne ſerons point pris
Pour des francs coureurs de malettes,
Nous en ſortirons bragues nettes,
Ils pourront faire quelque cas
D'vn homme fait comme Æneas,
Et ſi chez eux la renommée
Des grands hommes eſt eſtimée,
Ie ſuis du bois dont on les fait,
Graces à Dieu chacun le ſçait,
Ie n'en diray pas dauantage,
Puis que tout homme de courage,
Doit parler de ſoy ſobrement:
Cela dit pitoyablement,
Il ſe remit ſur ces peintures
Pour y chercher ſes auantures,
Les faſcheux ſouuenirs qu'il eut,
Et combien d'eau des yeux luy cheut,
Voyant dans ſes triſtes batailles,
Tantoſt les Grecs comme canailles,
Deſtaller deuant les Troyens,
Et puis comme deuant les chiens

Gaigne au pied le timide lievre,
Voyant non ſans auoir la fievre
Ses eſperdus Concitadins
Deuant ce perceur de boudins,
Ce diable de fils de Pelée
S'en courir à bride aualée,
Et puis de Reſus trepaſſé,
Qui certes s'en fût bien paſſé,
Il vit le quartier, & les tentes,
Neufues encore, & reluiſantes,
Car il eſtoit tout frais venu
Le pauuret, s'il ſe fuſt tenu
De ſommeiller cette nuittée,
On ne l'euſt pas inquietée
Sa Majeſté, comme l'on fit,
En l'aſſommant dedans ſon lit,
Ce fut par le fameux Tydide
Diomede, vn grand homicide,
Qu'il fut comme il dormoit occis
A ce qu'on dit de ſang raſsis,
Il enleua ſon eſquipage,
Iuſqu'à ſes mulets de bagage,
Ses cheuaux beſtes de grand pris
Luy furent pareillement pris,

I'ay oüy dire à gens qu'on doit croire
Si dans Xante ils eussent peu boire,
Que le prudent Agamemnon
Laissant esquipage & canon,
Honteux la queuë entre les iambes,
Eust replié ses oriflambes,
Et fait sans battre le tambour
Vers Mycene vn honteux retour,
Ænée fit le Ieremie
Et moüilla sa face blesmie,
Il pleuroit en perfection,
Et mesme sans affliction,
Puis il vit le ieune Troyle
Ayant perdu son dard, ou pile,
Qui s'en fuyoit bien estonné
De se voir desembastonné,
Deuant le fier fils de Pelée
Qu'il auoit dans vne meslée
Temerairement défié,
Deuant que d'auoir essaié
S'il auoit le pouuoir de faire
Resistance à tel aduersaire,
En s'enfuyant il tresbucha
Se fit grand mal, se destrancha,

Se fit à la teste vne bosse,
Achille suruint en carrosse
Et d'vn grand coup de iauelot,
Fit sortir son sang à grand flot,
De ce grand coup du Peleide
Il mourut sans quitter la bride
De ses cheuaux, qui sans pleurer
Virent leur cher Maistre expirer,
A son char sa iambe accorchée
D'vn coup de sabre estant tranchée,
Le reste du corps dépendu
Demeura sur terre estendu,
Lors sa teste demy brisée
De sable fut puluerisée,
Et son habit de sang soüillé
Par Achille fut bien foüillé;
Puis les Troyennes desolées
Pour la plus part escheuelées,
Y rendoient visite à Pallas
Laquelle n'en fit pas grand cas:
Ny d'vne superbe iacquette
Faite d'vne riche moquette,
De deux paires de souliers neufs,
Et de pres de demy cent d'œufs,

A cette embassade honorable
Elle ne fut point fauorable,
Ils n'en obtinrent ny regard,
Ny le plus chetif Dieu vous gard,
Tandis que dura leur priere
Elle leur monstra le derriere,
Et mesme se mit a siffler
Au lieu de les oüyr parler;
Puis il reuoit ce mesme Achille
Homme vn peu sujet à sa bile,
Et quelquefois mesme vn peu fou,
Faire en despit du loup garou
Trois iours à l'entour des murailles,
Quelles indignes funerailles?
Trainant le corps de sang vuidé
Du pauure Hector par luy lardé:
Et puis apres il luy voit vendre,
Car il aymoit, dit-on, à prendre
Ce pauure corps au poids de l'or,
Il voioit Priamus encor
Pour flechir cette ame affamée
De sa main droite desarmée,
Sa main gauche l'estoit aussy
Embrassant de douleur transy,

Ces deux iambes victorieuſes
Qu'il euſt bien voulu voir caigneuſes:
Helas! quand il vit tout cela,
Que ſon dueil ſe renouuela,
Voyant ce char, & ces dépoüilles,
Qu'il euſt volontiers chanté poüilles,
Et mal traité cét inhumain
S'il euſt lors eſté ſous ſa main,
Puis apres il ſe vit luy meſme
Dont il eut vne ioye extréme,
Faiſant au milieu des Gregeois
Autant de carnage que trois,
Il vit l'armée Orientale
Du fils de l'Amante à Cephale
Dont le viſage eſtoit ſi noir,
Puis il prit grand plaiſir à voir,
La vaillante Pantaſilée
Si terrible dans la meſlée,
Qui portoit ainſi qu'vn garçon
Au lieu de iupe vn caleſon,
C'eſtoit vne rude femelle
Et qui n'auoit qu'vne mamelle,
Qui n'euſt pas craint dans le combat
De s'attacher à Goliat,

Femme

Femme ainsi qui rien ne redoute
A monté dessus l'Ours sans doute,
Comme Æneas triste & confus
A peine à s'oster de dessus
La trop veritable peinture
De Troye & de son auanture,
A certain bruit qu'il entendit
Ayant leué la teste, il vit
Entrer la Reyne dans le temple,
De demander s'il la contemple
Auec grande admiration,
C'est vne sotte question;
Car elle estoit charmante & belle
Autant au iour qu'à la chandelle,
Et iour & nuit vn vray Soleil,
On ne peut rien voir de pareil
A sa venerable personne,
Troupe nombreuse l'enuironne,
De ieunes gens embastonnez,
Bien ciuils & moriginez,
Le Capitaine de sa garde
Tient en main vne halebarde,
Elle auoit six Tambourineurs,
Douze fifres, & six sonneurs,

De melodieuſes Cimbales,
Six Maiſtres joüeurs de Tymbales
Tres-experts à carillonner,
On n'euſt pas ouy Dieu tonner,
Enfin ſoy d'eſcriuain moderne
Ie ſouffriray que l'on me berne,
Si le iour qu'au Temple elle alla,
Rien de charmant comme cela
A iamais paru dans l'Affrique,
Ænée en eſt tout extatique
Achate ſi fort esbloüy,
Qu'il ne faiſoit que dire ouy
Que begayer, & que ſourire
A tout ce qu'on luy pouuoit dire,
Aeneas s'en fuſt bien moqué
Mais il n'eſtoit pas moins piqué
N'auez-vous point veu ſur le fleuue
Qui le pais de Sparthe abreuue
Vne Nymphe qui va chaſſant,
Ou Diane lors que danſant
Au milieu des Amadriades,
Des Napees, des Oreades,
Elle les paſſe ou peu s'en faut
Toutes de la ceinture en haut,

Sa trousse luy pend sur l'èchine,
Enfin elle a si bonne mine,
Et paroist auec tant d'esclat,
Que la voyant en cét estat
Sa sotte mere de Latone,
Ne fait rencontre de personne,
Qui ne s'en esloigne au galop,
A cause qu'elle parle trop
Des vertus dont sa fille abonde,
Et quelle en accable le monde;
Telle & plus admirable encor
Dans son cotillon de drap d'or,
Et sa fraize goderonnée
Parut Didon à nostre Aenée,
O Dieu qu'il la faisoit beau voir,
Qu'elle faisoit bien son deuoir
De donner à chacun courage
De trauailler apres Cartage,
Sous vn grand dome lambrißé,
Dans vn grand fauteüil tapißé,
S'estant mise bien à son aise,
On cria trois fois, Qu'on se taise.
On luy presenta des placets:
Cent Suisses portans cabassets

Lors que la foule estoit trop grande
Adioustoient à la reprimande,
Quelquefois des coups de baston,
Quand bien elle eust esté Caton
Elle n'eust pas mieux fait iustice,
Elle ny prenoit nulle espice,
La rendoit liberalement,
Et tousiours équitablement;
Elle ne prononçoit sentence
Qui ne fut piece d'éloquence,
Tout se iugeoit là sans apel
Tant au Ciuil, qu'au Criminel,
Et les affaires non plaidées
Sans Aduocats estoient vuidées:
Quand quelqu'vn estoit conuaincu,
On luy donnoit du pied au cul,
Si s'estoit pour de grandes fautes
On luy faisoit briser les costes?
Enfin chacun estoit traitté
Ainsi qu'il l'auoit merité,
Elle ne fut pas moins habile
A la police de la ville,
En chassa tous les berlandiers,
Mit taxe sur les vsuriers,

Ordonna que les maquerelles,
Filous, putains, laides & belles,
Et tous les chanteurs de chanſons
Seruiſſent d'aides à maçons;
La iuſtice diſtributiue
Par cette Reyne fugitiue
S'exerçoit ainſi ſagement,
Æneas à chaque moment,
D'Achate diſoit à l'aureille
Cette Reine eſt vne merueille,
Achate encheriſſant deſſus
Diſoit elle en eſt trois, & plus,
Quand auec foule & rumeur grande
Entra dans le temple vne bande,
Dont ceux qui marchoient les premiers
Eſtoient faits comme priſonniers,
Æneas cria, male-peſte,
C'eſt Cloante, Antée & Sergeſte,
Et les principaux de mes gens
Que ie vois entre des Sergens;
C'eſtoit eux qu'il ne vous déplaiſe,
Qui n'eſtoient pas trop à leur aiſe,
Ænée en eſt tout ſtupefait
Auecque raiſon en effect,

Achate en perd quaſi l'haleine,
Et l'vn & l'autre bien en peine
De ſçauoir qui les mettoit-là,
Cependant on cria, holà,
Nos deux Meßieurs ſans le nuage
Qui les retenoit comme en cage,
Euſſent ſans doute eſtourdiment
Eſté faire leur compliment,
Ils euſſent fait vne folie,
La Reine dit, qu'on les délie,
Außi-toſt on les délia,
Vn chacun deux s'humilia,
Et fit reuerence profonde
Qui contenta fort tout le monde,
Nos deux inuiſibles Meßieurs
Se couſlent a trauers pluſieurs
Qui ne peuuent voir qui les touche,
Afin d'entendre de la bouche
De leurs amis, ce qu'ils diroient
Le traitement qu'ils reçeuroient,
Ou leur flotte eſtoit arriuée,
Comment-elle s'eſtoit ſauuée,
S'il en reſtoit beaucoup ou peu,
Comment, à quelle-heure; en quel lieu,

Ils auoient pû gagner la terre,
S'ils ſeroient priſonniers de guerre,
Ou bien comme des mal-faiſans
Mis au galere pour dix ans;
Audience leur fut donnée,
Et l'eloquent Ilionée
De ſes manottes deſchargé,
Apres auoir vn peu ſongé;
Dit ces paroles ce me ſemble,
O Reine à cauſe que ie tremble
Ie ne diray peut-eſtre rien
Qui ne vous ſcandaliſe bien,
Commandez qu'on me donne à boire,
Et ie vous conteray l'hiſtoire,
Des gens les plus infortunés
Qui ſoient en ce bas monde nés,
Auſsi-toſt vne pinte entiere
De tres-rafraichiſſante biere
Luy fut miſe en vn gobelet,
Le droſle le vuida tout net
La doze fut reïterée,
Et ſa gorge deſalterée
Il diſt d'vn fort beau ton de voix
Ces belles paroles de choix

O Reyne à qui Iupiter donne
Le pouuoir de porter couronne,
Sur vn peuple vaillant & fier,
Et le bon-heur dédifier
Vne ville auec citadelle
Qui ſans doute ſera fort belle:
Mais ou l'on vit fort cherement,
I'en puis parler pertinemment,
Il m'a couſté dix richedales
Pour auoir en ſeruiettes ſales,
Et nape plus ſales deux fois
Mangé deux centaines de noix,
Et la moitié d'vn viel fromage,
Ie n'en diray pas dauantage,
Car on n'adiouſte guere foy
A des eſtrangers comme moy:
Or pour reuenir à mon conte,
Puis qu'il faut donc vous rendre compte
De nos noms, & de nos ſurnoms,
Et du païs d'où nous venons,
Mon nom eſt Marc Illionnée
Grand Chambellan du Sieur Ænée,
Nous ſommes les pauures Troyens
Par les Grecs priuez de nos biens,

Vn

Vn tres-impertinent orage
Nous à poussez en ce riuage,
A peine eschapons nous des eaux
Que vos sujets de nos vaisseaux,
Ont voulu faire vne grillade
Ie ne sçay si c'est par brauade,
A tout le moins ie sçay fort bien,
Que cette action ne vaut rien,
Cela passe la raillerie
Empeschez les en, ie vous prie;
Bon si chez vostre nation
Auecque mauuaise intention,
Nous estions venus moüiller l'ancre,
Nous serions noirs comme de l'ancre;
Si nous estions icy venus
Armes au dos & glaiues nus,
Foüiller vos greniers & vos caues,
De vos gens faire des esclaues,
Forcer femmes, rauir enfans,
Enleuer tous vos Elephans,
Faire la guerre à toute outrance,
Puis sans faire la reuerence
Et le moindre remerciment,
Gaigner nos vaisseaux vistement,

Vne entreprise si hardie,
Meriteroit bien l'incendie,
Et nous ayant tous assommez
Vos gens n'en seroient pas blasmez,
Mais au triste estat ou nous sommes
Pauures & miserables hommes,
Vaincus par les Grecs assasins,
Nous n'auons pas de tels desseins,
Loin de faire telle incartade
Nous vous demandons la paßade,
Si vous nous la voulez donner
Dieu vous en vueille guerdonner,
Nous ne voulons grande Princesse
Maintenent qu'amour & simplesse,
Le reste dépendra de vous,
Ne vous contraignez pas pour nous,
Et gardez vous bien de nous faire
Vne aumosne non volontaire,
Vous seriez sotte en cramoisy
Si vous nous la donniez ainsy:
Les Grecs appellent Hesperie
Vne terre du Ciel cherie,
Les gens y sont mauuais garçons,
Et les champs en toutes façons,

Donnent à ceux qui lès cultiuent
Tous les biens dont les hommes viuent,
Ce païs aux temps anciens
Fut celuy des Enotriens,
Depuis cette terre iolie
D'Italus s'apelle Italie,
S'il vous faut franchement parler
C'est là que nous pensions aller,
Quand Orion porte tempeste
Vn astre sujet à sa teste;
Nous a pris en auersion
Sans en auoir occasion,
Nous à par vn vent de Galerne
Secouez comme gens qu'on berne,
Et dans des grands vilains rochers
Fait bien iurer tous nos Nochers,
Nos nauires sont dispersées,
Ces quinze ou seize ramassées,
Qui viennent icy d'aborder,
Ou Dieu les vueille bien garder,
Ne sont que la moindre partie
De la flotte bien assortie,
D'armes & de prouisions,
Que lors que les Grecs champions

Nous prirent tous à la pipée,
Nous auons en haſte équipée:
Qu'ils ſçauoient bien ce qu'ils faiſoient
Les vens, alors qu'ils nous pouſſoient
Vers ces infortunez riuages,
Ils nous portoient vers les ſauuages,
Nous ſecondâmes leurs efforts
Et gagnâmes enfin ces bords,
Voyans voſtre nouuelle ville
Nous crûſmes tous voir vn aſile,
Mais quelle inhoſpitalité,
Quelle rage, ou brutalité,
Reigne en cette maudite terre,
Quel mal-heureux eſprit de guerre
Poſſede celuy de vos gens,
Ils ſont pires que des Sergens,
Au ſortir de ce grand orage
Nous nous contentions du riuage
De peur de vous importuner,
Afin de nous deſmariner,
Remplir d'eau nouuelle nos pipes,
Et ſeicher au Soleil nos nipes,
Ils nous ont donné mille coups,
Tiré fleches, ietté caillous,

Nous ont baffouez, fait la nique,
Nous ont dit en langue Punique
Vne iniure qui fait rougir,
Est-ce là comme il faut agir?
Si vostre nation trop vaine
Ne craint point la puissance humaine,
Et se fiant trop en ses mains
Mesprise les autres humains,
Qu'elle craigne les Dieux celestes,
Et les tonnerres, & les pestes,
Dont sur les mauuais garnimens
Ils exercent leurs chastimens,
Qu'elle songe à la recompense
Que souuent quand moins on y pense
Ils donnent aux cœurs genereux,
Qui soulagent les mal-heureux,
Nous sommes seruiteurs d'vn Maistre
Aussi vaillant que l'on puisse estre,
Vn vray Dieu Mars en bataillant,
Mais aussi iuste que vaillant,
De plus aussi pieux que iuste,
Laborieux, adroit, robuste,
Si les destins en ont eu soin,
Soit qu'il soit pres, soit qu'il soit loin

Si quelque ſaulmon, ou barbuë,
N'en a point fait vne repuë,
Nous n'auons point à redouter,
Ny vous grande Reine à douter
Que de toute noſtre depenſe
Vous n'ayez bonne recompenſe,
C'eſt vn homme qui paye bien
Et qui n'eſcroque iamais rien,
Sans nous vanter en la Sicile
Nous auons vn fort bon azile,
Aceſtes eſt noſtre parent
Qui n'eſt point homme indifferent,
Et qui prend part en nos affaires,
Ennemy de nos aduerſaires
Lion de colere embrazé,
Mais mouton eſtant appaisé,
Et qui ſçaura de quelle ſorte
Voſtre peuple enuers nous ſe porte,
Faites nous donc faire chez vous
Vn traitement qui ſoit plus doux,
Nos vaiſſeaux bleſſez iuſqu'aux quilles
Ont beſoin de clous & cheuilles,
De planches de bois, de cheurons,
Ont perdu tous leurs auirons,

Leur grans mas, leur longues antennes,
De grans pins vos forests sont pleines,
Soit pour de l'argent ou par don
Mettez nous les à l'abandon,
Si sa Maiesté qui m'escoute
Nous laisse suiure nostre route,
Et sans qu'on nous demande rien,
Comme elle est tres-femme de bien,
Nous donne aussi le temps d'attendre
Iusqu'à tant que se puisse rendre
En ce mesme païs icy,
Ænée, & les autres aussy
Qui sur les ondes de Neptune
Comme nous ont couru fortune,
Ou si de nostre Roy perdu
Les corps vainement attendu
Est mangé de quelque Baleine,
Et de son fils l'attente est vaine
Pour le moins qu'il nous soit permis,
Au lieu de ce païs promis,
D'aller chercher vn autre asyle
Chez Acestes dans la Sicile,
Si tout ce qu'à dit le destin
De ce plaisant païs Latin,

N'est rien qu'vne bille-vëzée
Dont on nous a l'ame abusée,
Vn vray conte à dormir debout
Vne Chimere & puis c'est tout,
Vne franche imposture en somme
Dont vn Dieu qui ment cõme vn homme
Sauf son honneur, c'est Iupiter,
A voulu nos mal-heurs flater,
Ainsi finit Illionée,
Dont loüange luy fut donnée
Par quelques-vns des Tyriens,
C'est pour dire vray, les Troyens
Eurent la ceruelle estourdie
D'vne harangue si hardie,
Ils s'en mirent à bourdonner,
Quand la Reyne sans s'estonner
D'auoir vne response à faire,
Ouurit la bouche, & les fit taire,
Voicy tout, à ce qu'on me dit,
Ce qui de sa bouche sortit,
Apres auoir teste panchée
Vn peu sa harangue esbauchée:
Bonnes gens n'ayez point de peur,
Ie vous iure par mon honneur,

Et

Et ce n'eſt pas peu quand i'y iure,
Qu'on ne vous fera nulle iniure,
Vne affaire longue à conter,
Me force de faire arreſter,
Ceux qu'on trouue portans rapieres
Aux enuirons de nos frontieres,
En ce pays nouueaux venus
Nous auons peur des inconnûs,
Le moindre vaiſſeau dans la Plage
Nous donne auſſi-toſt de l'ombrage,
Sans cela vous n'auriez de nous
Receu la moitié tant de coups,
Ie m'offrirois de les reprendre,
Si tant de coups ſe pouuoient rendre,
Sans qu'aucun de voſtre coſté,
En demeuraſt épouſſeté,
Ie voudrois pour vous ſatisfaire
Que cette choſe ſe pûſt faire,
Pouuoir reuoquer le paſſé;
Mais puis qu'aucun n'eſt tres-paſſé,
Pour les eſpaules mal-traitées,
Emplaſtres ſeront apreſtées,
Et vous aurez chacun vn plat,
D'vn tres-ſouuerain oxicrat,

Ie ne plaindray point la despence,
Pour vous faire oublier l'offence,
Car qui n'a point oüy parler,
En quel païs n'a pû voller,
De vostre Prince l'origine,
On sçait par tout qu'elle est diuine,
Quoy qu'issu d'vn pere mortel,
A sa mere on bastit autel,
Toute femme qui s'abandonne,
La reconnoist pour sa patronne,
Et dans nostre Kalendrier
On ordonne de la prier,
Qui ne sçait les causes données,
D'vne guerre de dix années,
Les gens de Tyr & de Sidon
Ne sont pas si stupides, non?
On sçait bien-tost parmy les nostres
Ce qui se passe chez les autres,
Le Soleil reluit dessus nous,
Aussi bien qu'il fait dessur vous,
Mais soit que vous ayez en teste
Du païs Latin la conqueste,
Et des beaux champs saturniens,
Soit que des bords Ericiens,

Acestes le compatriote,
Attire les cœurs de la flotte,
Vous serez de nous escortez,
Vous serez de nous assistez
De munitions & de viures,
I'ay quinze ou seize mille liures
Ne craignez point d'en disposer,
Certes si sans me refuser,
Vous voulez accepter l'azile
Que ie vous offre dans ma ville,
Ie ne feray pas des Troyens
Moins de cas que des Tyriens,
Et plust à Dieu que vostre Prince
Fust en cette mesme prouince,
Par le mesme orage ietté,
Ie ferois faire en verité
Pour vne si bonne fortune
Vn beau sacrifice à Neptune,
O que bien il s'en trouueroit
Celuy qui me l'ameneroit,
Ie veux le long de cette rade
Enuoyer des batteurs d'estrade,
Pour voir s'il ne s'est point niché
En quelque petit port caché,

Ou bien en quelque forest sombre,
Pour estre fraischement à l'ombre,
A ces discours non attendus,
Ils rirent comme des perdus,
Les bons Troyens, & rauis d'aise,
Danserent autour de sa chaise,
Se mirent à crier viuat,
Fraperent à l'enuy du plat,
De la droite contre la gauche,
Ne respirerent que débauche,
Et receurent des Tyriens,
Traitement de concitoyens,
Dieu sçait s'ils eurent grande haste,
Ænée, & son fidelle Achate,
De sortir hors de leurs broüillas,
Dont ils estoient desia bien las,
Achate dit au sieur Ænée,
Passerons-nous icy l'année,
Qu'esperons nous gaigner ainsi,
Nous n'auons plus que faire icy,
Monstrez-vous donc fils de Deesse,
Puis que cette bonne Princesse,
Vous veut ainsi faire chercher,
A quoy diable bon vous cacher,

Toute vostre flotte est sauuée,
De plus heureusement trouuée,
Il ne nous manque qu'vn vaisseau,
Pourquoy s'est-il perdu dans l'eau.
Il n'auoit qu'à gaigner la terre,
Comme nous fismes à grande erre,
Vostre mere n'a point menty,
Et vous a fort bien aduerty,
Comme il parloit l'époisse nuë,
S'estant par le milieu fenduë;
Æneas parut en ce lieu,
Aussi brillant qu'eust fait vn Dieu,
Car sa mere bien auisée,
Sur sa cheuelure frisee,
Auoit deux fois pleine sa main
Respendu poudre de Iasmin,
Auoit auec de la pommade
Rafraischy son teint vn peu fade,
Et mis dans sa face, & ses yeux
Certain air qu'on remarque aux Dieux,
Comme on blanchit la dent d'yuoire
Que l'on voit moins blanche que noire,
A force de la bien frotter,
Ou comme l'on voit esclatter

Le fin or autant que la braiſe
Qui l'a fondu dans la fournaiſe,
Lors que l'orſeure la rendu
Aſſez beau pour eſtre vendu,
Tel en ce lieu Meßire Ænée
A la troupe bien eſtonnée,
Parut en diſant me voila,
Nul à cét eſtrange obiet la
Ne fut ſi ferme de courage
Qui n'en deuint paſle en viſage,
Didon ſans couleur & ſans voix
En fit le ſigne de la Croix,
Mais à la beauté du Phantoſme
Elle ſe tira du ſimptoſme,
Et luy la main droitte au bonnet,
Dit d'vn ton de voix clair & net,
Vous voyez icy grande Reine,
Celuy dont vous eſtes en peine,
Et moy ie voy de mes deux yeux,
Vne Dame pareille aux Dieux,
La premiere & ſeule perſonne
Außi charitable que bonne,
Qui ſçachant noſtre affliction
Nous ait offert protection,

Vn autre nous eust dit canailles
Vous n'estes rien que Truandailles,
Vous ne logerez point ceans,
Ou nous eust fait mettre leans,
En suitte de la bastonnade
Nous eust fait donner l'estrapade,
Et brusler nos nefs dans le port
Au lieu de nous offrir support,
Vne action si debonnaire
Ne restera pas sans salaire,
Et ie vous medite vn present,
Qui ne sent point son paysant,
Non que ny Troyen ny Troyenne,
Ny moy belle Sydonienne,
Vous puissions tant que nous viurons
Rendre ce que nous vous deurons,
Au moins nostre reconnoissance
Sera selon nostre puissance,
Le reste dépendra des Dieux
Qui sont grands amis des Pieux,
Des Aumosniers, des Charitables,
Qui secourent les Miserables,
Qu'il fait bon estre genereux
Et que nostre siecle est heureux,

Qui porte vne telle perſonne
Plus que digne de ſa couronne,
Et que les petits & les grans
Beniront Meßieurs vos Parens,
D'auoir par vn ſainct mariage
Mis au monde Dame ſi ſage,
Tant que les fleuues couleront
Qu'au Ciel les aſtres reluiront,
Et que les monts feront ombrage
Aux terres de leur voiſinage,
On ne dira de là, Didon,
Rien que d'honneſte bel & bon:
Sa harangue ainſi terminée,
Il prit la main d'Illionée,
Lequel de reſpec s'enclina,
Si tres-bas qu'il s'en eſchina,
Il traita de meſme Sergeſte,
Cloante, Gias, & le reſte,
De ces grands Peres des Romains,
Eurent leur part des baiſes-mains.
La Reine donc fut eſtonnée
De l'apparition d'Ænée,
Et puis apres ſe raſſeura,
Le conſidera, l'admira,

Luy sourit au nez pour luy plaire,
Contre-fit sa voix ordinaire,
Et luy dit parlant vn peu gras,
L'ayant pris par le bout du bras,
C'est par la main que ie veux dire,
Comment vous portez-vous beau sire,
Moy, luy dit-il, ie n'en sçay rien,
Si vous estes bien ie suis bien,
Et i'ay pour le moins la migraine,
S'il faut que vous soyez mal-saine,
Vous vous portez bien Dieu mercy,
Ie me porte donc bien aussi,
A cette elegance Troyenne,
Tant soit peu ciceronienne,
Didon de rire s'éclata
Toute la troupe l'imita;
Et ne dura cette risée
Qu'autant que dure vne fusée,
Le bruit cessé la Reyne dit,
Vrayment le sort est bien maudit,
De vous mal-traitter de la sorte
Le grand diable d'enfer m'emporte,
Quoy que tres-vilain animal
Si ie ne luy veux bien du mal;

Vous eſtes donc ce fils d'Anchiſe,
De qui Venus nuë en chemiſe,
Receut ſur les bords du Ximois
Vn fardeau qu'on porte neuf mois,
Dont ſortit, la neufuaine faite,
Voſtre perſonne ſi parfaite,
Qu'il eſt peu de monde icy bas,
Qui de vous ne faſſe grand cas;
Comme de quelque rare piece,
Quand Teucer fut chaſſé de Grece,
Chez mon pere il ſe retira,
Et ſon aſſiſtance implora,
Il receut de Belus mon pere,
Ce qu'il euſt ſouhaité d'vn frere;
En ce temps-là le bon Belus,
Suiuy de ſoldats reſolus
Menoit guerre tres-violente,
A ceux de Cypre l'opulente,
Il prit l'Iſle & la fouragea,
De dépoüilles ſes nefs chargea
Dont i'eu pour ma part vne tonne,
De poudre de Cypre tres-bonne.
(Mais que vous importe cela)
Or i'eu par luy des ce temps-là,

De vous parfaite connoissance,
Et i'appris de luy la naissance
Et le progrés & la fin qu'eut,
Vne guerre ou tant que vescut;
Hector leur puissant aduersaire,
Les Grecs ne firent que l'eau claire
Contre les valeureux Troyens,
Dont il me disoit mille biens,
Il me conta de vous merueilles,
Au grand plaisir de mes oreilles,
Que vous estiez vn grand sauteur,
Vn grand Archer, vn grand luiteur,
Vn grand sonneur de cornemuse,
Faisiez des vers comme vne Muse,
Baladin assez violon,
Pour estre enuié d'Apollon,
Admirable auec la guiterre,
Et de plus grand homme de guerre,
Il n'auroit pas voulu mentir
A la fille du Roy de Tyr,
Qui ne vous prend point pour vn autre,
Vn grand mal-heur comme le vostre,
Sur elle aussi bien que sur vous,
A tiré quantité de coups,

Desquels elle a paré partie,
Et s'est assez bien guarantie,
Mais enfin en ces vastes lieux,
Par la benignité des Dieux,
Elle fait iouër la truelle
Apres vne ville nouuelle,
Dont le plus bel appartement
Est à vostre commandement:
Tres-grande pitié vous luy faites,
Mal-heureuse comme vous estes,
Ceux à qui tout porte guignon
L'a font larmoier sans oignon,
C'est pourquoy Monseigneur Ænée,
Que beniste soit la iournée,
Que le braue fils de Venus
Et les siens sont icy venus.
Ainsi dit la Dame courtoise,
D'vne bouche exhalle framboise,
Elle en receut si ie ne mens
Plus de mille remercimens,
Puis apres d'Æneas conduitte,
Vne grande foule à sa suite,
Au Palais elle se rendit,
Mais en partant Virgile dit

Qu'afin d'auoir les Dieux propices,
Elle mit ordre aux Sacrifices.
Ænée en peine si ses gens
Estoient bien beuuans & mangeans,
Fit marcher deuers ses nauires,
Cent pourceaux choisis, dont les pires,
Auoient quatre grands doits de lard,
Ils n'arriuerent que bien tard,
Encor qu'on les menast en laisse
Parce qu'ils auoient trop de graisse;
Il fit aller aussi vingt bœufs
Chargez chacun d'vn sac plein d'œufs,
Pour faire omelettes baueuses,
De plus cent brebis non galeuses
Chacune ayant son gras aigneau;
Et six pieces de vin nouueau;
Cependant la maison Royalle,
Ses plus riches meubles destalle,
On ne voit que tables dresser,
Et que murailles tapisser:
Les moindres meubles sont d'Yuoire,
Historié d'Ebene noire:
Les rideaux des lits sans mentir
Sont du plus fin Pourpre de Tyr;

Et mesme les tapisseries :
Dans les riches orfeveries,
Que soustiennent de grands buffets,
On voit despeints les nobles faits,
Et toutes les rudes meslées
Tres-artistement cizelées,
Des Rois de Tyr & de Sidon,
Desquels descend Dame Didon,
Deuant Æneas & sa troupe,
On seruit quelques plats de soupe,
Attendant vn meilleur repas,
Ils ne s'en estonnerent pas ;
En fort peu de temps chaque assiette
Comme chaque escuelle fut nette,
Aussi-tost qu'ils furent saoulez,
Ils furent aussi regalez,
Ænée eut des gans chargez d'ambre,
Vne belle robe de chambre,
Vn habit & son balandran
Qui pour n'estre que de bougran,
Estoit riche pour ses paillettes,
Et six douzaines d'esguillettes,
Achates eut du drap d'vsseau,
Dequoy se faire vn long manteau,

Ou s'il veut vne houpelande:
Chacun de la Troyenne bande,
Eut außi de Dame Didon,
Quelque assez bonne nipe en don,
Chaque Dame eut vne hongreline,
Auecq sa jupe d'estamine,
Et chaque hôme vn grand juste-au-corps
Piqué d'vn fort beau fil retors,
Et rebrodé d'vne pistaigne,
Cependant pour son fils Ascaigne,
Encore qu'il ne fut pas loin,
Æneas estoit en grand soin,
Il pria son fidelle Achate,
De l'aller trouuer à la haste
Monté sur vn viste Elephant
Affin de resioüir l'enfant,
Et luy faire part des nouuelles,
Et que des nipes les plus belles
Qu'il auoit dedans son vaisseau,
Il aportast tout le plus beau,
Pour faire außi quelque largesse,
Afin que leur courtoise hostesse
Connûst quelles gens ils estoient,
Et de quel bois ils se chauffoient.

Voicy si i'ay bonne memoire,
(Quiconque le voudra croire)
Prendra la peine d'en douter,
Les dons qu'on deuoit aporter,
Par l'ordre du fameux Aenée,
Quand sa ville fut ruinée,
Qu'il auoit garantis du feu,
En suant non pas pour vn peu,
Vne belle robe de soye,
Que Leda pour plaire à son Oye,
Tous les iours qu'il la visitoit.
Sans iamais y manquer mettoit,
Vn merueilleux & riche voile,
Encor qu'il ne fut que de toile
Si precieux pour sa façon,
Qu'il valoit d'vn Roy la rançon,
Aeneas d'Helene la belle,
Auoit au ieu de la merelle,
Autres disent au quinola,
Gaigné ces belles nipes là:
D'Hecuba les chaussons de laine,
Et le vertugadin d'Helene,
De Priam la peau de vautour,
De fines perles vn beau tour,

Que

Que portoit la belle Illione,
Comme aussi sa riche couronne,
La bequille de Priamus,
Le liure de ses Oremus,
Vn Almanac fait par Cassandre,
Ou l'on ne pouuoit rien entendre:
La perruque d'Andromacha,
Quand de noir elle se toqua,
Voyant la moitié de son ame
Hector mis a mort par la lame,
D'Achille, en la fleur de ses ans.
Voyla tous les riches presens
Que destinoit à Dame Elise,
Le genereux enfant d'Anchise,
Mais cependant ne s'endort pas
La Dame qui tant à d'apas,
Quelle peut à credit en vendre;
Il est bien aisé de m'entendre,
C'est Venus dont ie veux parler,
Elle fait dessein de mesler,
Parmy les riches dons d'Aenée,
Quelque ruse Dame damnée:
Elle sçait que les Tyriens,
Sont pour la plusspart des vauriens,

Gens ſans honneur & ſans parole
Et de plus que Iunon la fole,
Dont la teſte eſt pres du bonnet,
C'eſt donnée au diable tout net,
De faire aux Troyens pis que pendre
Sans iamais ſe laſſer ny rendre,
Pour empeſcher vn tel deſſein,
Qui ne part pas d'vn eſprit ſain;
La bonne Dame Citerée,
La choſe bien conſiderée,
Trouua que ſon fils Cupidon
Pouuoit en donner à Didon,
Si tres-auant dans la poitrine,
Et l'embrazer d'amour ſi fine,
Que la pauurette ne pourroit,
Quand Iunon luy commanderoit,
Faire du mal au ſieur Aenée,
Qui tiendroit ſon ame enchaiſnée,
Il eſt vray que pour cét effet
Cupidon eſtoit ſon vray fait,
Quoy qu'enfant, quoy que Dieu celeſte,
Vne tres-dangereuſe peſte,
Et qui bruſle dont i'ay pitié,
Du monde plus de la moitié.

La bonne Dame de Cythere
Auec authorité de mere,
Fit donc appeller Cupidon,
Ce petit Dieu porte brandon,
Fut trouué qui trempoit ſes fleches,
Dont les fers ſont viues flamméches,
Dans de l'eſſence de chagrin,
De laquelle il ne faut qu'vn grain,
Pour rendre vne ame forcenée
Pres-qu'autant qu'vne ame damnée:
Voyant ſa mere il s'enclina,
Demy liure elle luy donna
De ſucre faute de dragée,
Qui fut en peu de temps mangée,
Le friant en aualeroit,
Vn pain qui le luy donneroit;
Voicy ce que luy diſt ſa mere?
Puiſſant enfant d'vn puiſſant pere,
Qui priſe bien moins qu'vn chifon
Les dards dont fut tué Typhon,
Et qui des tiens ſur les freſſures,
Fais tant d'incurables bleſſures,
Tu ſçais fort bien comme Iunon
Qui ne fit iamais rien de bon,

Perſecute Æneas le pie,
Tu ſçais bien que cette Harpie,
En dépit du monde fera,
Contre luy ce qu'elle pourra:
C'eſt vne dangereuſe beſte,
On doit tout craindre de ſa teſte:
Mais i'eſpere par ton moyen,
Que ie l'en guarantiray bien;
Ie te demande vne iournée,
Pour le ſalut du pauure Ænée,
Il fait aporter à Didon
Par ſon fils ie ne ſçay quel don,
Ie veux que tu prenne ſa forme,
Ie feray cependant qu'il dorme
Dans mon Palais le long du iour,
De crainte que joüant le tour
Dont ie veux abuſer Eliſe,
Par ſa rencontre il ne nous nuiſe,
Tu porteras donc ces preſents,
Qui luy deuiendront bien cuiſants:
Mets luy le coquetiſme en teſte
S'entend ſans penſer des-honneſte,
Il eſt bien aiſé ſans pecher,
De luy rendre Æneas bien cher,

Si la Dame eſt bien aſſenée,
Elle aura plus de ſoin d'Ænée,
Que de la prunelle de l'œil,
Et Iunon en mourra de dueil,
Par toy ie reigne dans le monde,
En toy tout mon eſpoir ſe fonde,
Si tu me ſers fidellement,
Ie te le dy ſincerement,
I'augmenteray ton eſquipage,
De deux, eſtaffiers & d'vn page.
A peine auoit-elle tout dit,
Que le Dieu ſes aiſles deffit,
Et parut aux yeux de ſa mere;
Tout ſemblable au fils de ſon frere,
Que la Deeſſe en vn inſtant,
Vn mortel n'en feroit pas tant,
En moins d'vne heure d'horologe,
Alla trouuer dans vne loge,
Que les Troyens vrais gens d'honneur,
Auoient baſtie à leur Seigneur,
De laquelle ils gardoient l'iſſuë,
La Dame ſans eſtre aperceuë,
Subtilement l'eſcamota,
Et dans Citere le porta,

Laiſſant Cupidon en ſa place,
Ayant & ſa taille & ſa face,
Pour Aſcaigne elle l'endormit,
D'vn certain charme qu'elle fit,
Les vns diſent d'vn dormitoire,
Les autres en le faiſant boire
Vn peu plus qu'il ne faut de vin,
Si bien que dans ce lieu diuin,
Couché ſur fraiſches violettes,
Sans penſer beaucoup à ſes dettes,
Il s'endormit comme vn pourceau,
Ce qui n'eſtoit ny bon, ny beau:
Cependant qu'il dort & qu'il ronfle,
Le bon Achate qui ſe gonfle
D'orgueil, & de preſomption,
De ſa belle commiſſion,
A tant fait par ſes eniambées,
Qu'auec les hardes deſrobées,
Aupres d'Aenée s'eſt rendu,
Il euſt bien plus fait l'entendu,
S'il euſt bien ſçeu qu'au lieu d'Iule,
Il menoit le grand Dieu qui bruſle
Les cœurs, ſans fagot ny cotrait,
Et qui n'a qu'à piquer d'vn trait,

Pour faire porter la marotte
Au plus raiſonnable Ariſtote:
Dieu me garde moy qui le dy
Des coups d'vn pareil eſtourdy,
Cupidon receut de ſon frere,
Toutes les carreſſes d'vn pere,
Fit la reuerence à Didon,
Qui receut les nipes en don,
L'heure du ſouper eſtant proche,
Tout le monde au ſon d'vne cloche,
Dans vne ſale ſe trouua,
Aenée auec Didon laua,
Didon en habit magnifique,
Se mit ſur vn lit à l'antique,
Aeneas ſe mit vis à vis
Luy tenant gracieux deuis,
Ayant attachée en bauette
Sous le menton ſa ſeruiette,
Il eſtoit ſi propre dit-on,
Qu'il n'eut pas pour vn ducaton,
(Grand ſigne d'intention nette)
Voulu rien manger ſans fourchette,
Et ne ſe fuſt pas abreuué,
Dans quelque verre mal laué,

Sans faire cent fois la grimace,
Quoy que au detriment de ſa face:
Enfin ce genereux Seigneur,
Eſtoit vn vray homme d'honneur,
Cent gracieuſes chambrieres,
Alloient auec riches aiguieres,
Crians par tout, qui veut de l'eau,
L'ordre du feſtin eſtoit beau,
La viande eſtoit bien preparée,
Et la ſale bien eſclairée,
D'vn chacun eſtant allité,
Didon dit benedicité,
Puis on joüa de la machoire,
Aucuns commencerent par boire,
Didon, comme on fait par deça,
Par le potage commença,
Aeneas donna de la ſoupe,
Aux plus apparens de la troupe,
Cent beaux valets de conte fait,
Seruoient au ſuperbe buffet,
Cent tres-honneſtes Damoiſelles
Coupoient des miches par roüelles,
Et cent autres ne faiſoient rien,
Qu'à voir ſi tout alloit fort bien,

Et

Et portoit chacune d'icelles,
Vn chandelier à deux chandeles,
Dans la ſale, outre les Troyens,
Grand nombre eſtoit de Tyriens,
Aux vns du bon Troyen la mine,
Aux autres la face diuine
De Cupidon qui reluyſoit,
Grande admiration cauſoit,
Chacun beaucoup eſtime & priſe
Les beaux preſents du fils d'Anchiſe,
La belle robe de Leda,
Qu'elle meſme dit-on broda,
Et la fineſſe de la toile,
De ſon incomparable voile:
L'Almanac que Caſſandre fit,
Leur embaraſſa bien l'eſprit,
Et leur plût bien fort d'Ilione,
Le beau collier & la couronne,
La Reyne ne ſe peut ſaouler,
Et de les voir & d'en parler,
Elle iette les yeux ſans ceſſe,
Sur ce petit dieu qui la bleſſe,
Et la tire à bruſle pourpoint,
D'vn petit arc qu'on ne voit point.

Vn autre eust dit brusle hongreline,
Et la pensée eust esté fine,
Mais certes la rime de point,
M'a reduit à brusle pourpoint.
Ce Dieu pour bien seruir sa mere,
Se pend au cou de son beau frere,
Et bien qu'il eust l'esprit si meur,
Le met en vne estrange humeur,
Pour la Didon elle s'en donne,
Tant & tant que ie m'en estonne,
Mais qu'eust-elle pû faire enfin,
Contre vn Dieu des Dieux le plus fin;
Elle le prend la pauure sotte
Le baise, caresse, & dorlotte,
Mais la pauure sotte ne sçait
En le prenant ce qu'elle fait,
Elle ne sçait la miserable,
Que ce Dieu quelle trouue aymable,
Est vn Dieu plus traistre & felon,
Que ne fut iamais Ganelon,
Chaque fois qu'elle le regarde,
Ce traistre Cupidon luy darde,
Par les yeux des fléches de feu,
Qui luy feront ioüer beau ieu;

La voila toute requinquée,
Qui ne ſonge plus à Sichée,
Au contraire elle dit tout bas,
Le deffunt ne le valoit pas;
Vn tel mary vaudroit bien l'autre,
Si nous le pouuions rendre noſtre,
Si ie ne craignois les diſcours,
Deuant qu'il ſe paſſaſt huict iours,
Ie le prendrois en mariage,
Par ce diſcours qui n'eſt pas ſage
La pauurette ainſi ſe flattoit,
Æneas auſsi ſe gaſtoit,
Et tout remply du faux Aſcaigne,
Faiſoit des chaſteaux en Eſpagne:
Il diſoit regardant Didon,
C'eſtoit vne groſſe dondon,
Graſſe, vigoureuſe, bien ſaine,
Vn peu camuſe a l'Affriquaine,
Mais agreable au dernier point,
Il diſoit donc d'amour eſpoint
Les deux yeux fichez deſſur elle
Plus allumez qu'vne chandelle.
O belle qui m'auez bleſsé,
Bien plus que ie n'euſſe pensé,

S'il plaiſoit à la deſtinée,
Que vous fuſsiez femme d'Ænée,
Ie le iure par Mahomet,
Quoy qu'on diſe foû qui s'y met,
Pour vne eſpouze tant jolie,
Ie laiſſerois là l'Italie,
Planterois icy mon piquet,
Sans craindre des gens le caquet,
Et pourrois fort bien mettre en pieces,
Ceux qui feroient de moy des pieces:
Cependant qu'il raiſonne ainsy,
Les beaux conuiez ſans ſoucy,
A manger faiſoient des merueilles,
Chacun vuida pluſieurs bouteilles,
Et bransla ſi bien le menton,
Tant ſur le veau que le mouton,
Qu'il ne reſta rien ſur la table,
Qui fût d'homme de bien mangeable,
Si quelque os encore reſta,
En leuant les plats, on l'oſta,
On mit ſur table vne bouteille,
A ſon aſpec on s'eſmerueille,
Æneas dit vne chanſon,
Et ſans attendre vn Eſchanſon,

Luy mesme emplit de vin sa coupe,
Puis à la santé de la troupe,
Mit le tout dans son estomac,
Didon demanda du Tabac,
Mais elle n'en prit pas deux pipes,
Quelle ne vuidast jusqu'aux tripes,
Et ne s'en offusquast l'esprit,
Mais vn peu de vin qu'elle prit
Ayant dißipé la fumée,
Elle dit la face enflammée,
Qu'on me donne mon gobelet,
Außi-tost dit vn beau valet,
Mit ce gobelet venerable,
Auec grand respec sur la table,
Belus & les Roys de Sydon,
Grans Peres de Dame Didon,
Vsoient de ce vaze à deux anses,
Quand ils faisoient des alliances,
Il tenoit deux demy settiers;
Bien mesurez & bien entiers,
Elle l'emplit la bonne Dame,
Et puis dit du fonds de son ame:
Iupiter autheur de tous biens,
Fay qu'aux Tyriens & Troyens

Ce iour ſoit heureux & propice,
Et reçois comme en ſacrifice,
Ce gobelet remply de vin,
Aßiſte nous Bachus diuin,
Et toy Iunon noſtre patrone
Qui m'as touſiours eſté ſi bonne,
Rendez nous tous gays & contens,
Comme de vrays Rogers bon-temps,
Elle beut par forme vne goute
Comme on fait alors qu'on en gouſte,
Ce qui reſtoit en quantité,
A Bitias fut preſenté;
Il le receut à grande gloire,
Se mit auidement à boire,
Et vit bien-toſt la taſſe au cu,
Didon cria c'eſt bien veſcu,
C'a du vin par toute la troupe:
Lors chacun de remplir ſa coupe,
Chacun de la vuider tout net
Et de s'eſchaufer le bonnet:
Dieu ſçait combien on vit d'yuroignes,
Et tous en differentes troignes,
Dieu ſçait quel deſordre & quel bruit:
Les chandelles font que la nuit,

N'est point au iour inferieure,
Chacun y rit pas vn n'y pleure,
Les cris des maistres & valets
Retentissent par le Palais,
Tout le monde à du vin en teste,
Tout le monde à la teste en feste,
A ce bruit le plaisant goulu,
Maistre Iopas le cheuelu,
Mesloit celuy de sa vielle
sur le chant de Iean de Niuelle,
Il sonnoit aussi doux que miel,
Ce que d'Atlas le porte-Ciel,
Il auoit apris en ieunesse,
Des Cieux l'admirable vistesse;
En combien de temps Apollon,
Digne inuenteur du violon,
En son char fait le tour du monde,
Par quel moien la Lune blonde,
Cache quelque-fois son muzeau,
Quels Astres nous donne de l'eau,
Et quels nous donnent la gelée,
Comment de terre sigelée,
Promethée homme fort aigu,
Fit l'homme en luy soufflant au cu:

Ce fut vn tres-gentil ouurage,
Et c'est de luy fort grand dommage,
Car Iupiter s'en sert dit-on
A paistre son aigle glouton,
Comment furent faites les bestes,
Pourquoy l'on voit tant de tempestes,
Principalement en hyuer,
Au printemps pourquoy tant de ver,
Et cent autres choses fort belles
Qui ne sont pas des plus nouuelles,
Apres auoir long-temps chanté,
Se voyant fort mal escouté,
Il cessa sa belle musique,
Cependant là Didon se pique,
De son hoste de plus en plus,
Par de longs discours superflus,
Elle le retient aupres d'elle,
Elle se brusle à la chandelle,
L'autre auec toute sa raison,
Sent aussi quelque échaufaison,
Et Monsieur ainsi que Madame
A bien du desordre dans l'ame,
Elle luy fait cent questions,
Sur Priam, sur les actions

D'Hector,

D'Hector, tant que dura le siege,
Si Dame Helene auoit du liege,
De quel fard elle se seruoit,
Combien de dents Hecube auoit,
Si Pâris estoit vn bel homme,
Si cette mal-heureuses pomme
Qui ce pauure Prince a perdu,
Estoit Reinette ou Capendu,
Si Memnon le fils de l'Aurore
Estoit de la couleur d'vn Maure,
Qui fut son cruel assassin,
S'ils moururent tous du farcin
Les bons cheuaux de Diomede,
Qu'elle y sçauroit vn bon remede,
Si voyant son Patroclus mort,
Achille s'afligea bien fort.
S'il fut mis à mort par cautelle,
Mais plutost cher Monsieur dit-elle,
Racontez-nous de bout en bout,
Comme quoy se passa le tout,
Comment la ville fut bruslée,
Si les Grecs la prirent d'emblée,
Et par quel moyen s'eschappa,
Portant sur son dos son Papa,

Voſtre excellente ſeigneurie,
Racontez-le moy ie vous prie,
Et les trauaux par vous ſoufferts,
Et les ports par vous deſcouuerts,
Vos fortunes ſont aſſez grandes,
Pour faire deux ou trois legendes,
Ie les apprendrois volontiers,
Car on conte ſept ans entiers
Depuis cette penible guerre,
Que vous errez de terre en terre.

FIN DV PREMIER LIVRE.

PRIVILEGE DV ROY.

LOVYS par la grace de Dieu, Roy de France & de Nauarre; A nos Amez & Feaux Conseillers les Gens tenans nos Cours de Parlement, Maistres des Requestes Ordinaires de nostre Hostel, Baillifs, Seneschaux, Preuosts, ou leurs Lieutenants, & autres nos Officiers & Iusticiers, & chacun d'eux qu'il appartiendra; Salut: Nostre cher & bien amé le sieur SCARRON, Nous a fait remonstrer que durant quelques relasches de sa maladie, il se seroit diuerty à composer & mettre en vers Burlesques, les douze Liures *de l'Eneide de Virgile*, enrichis de Figures, lesquels il desireroit faire imprimer, sous le tiltre *de l'Eneide Trauesty*: Mais parce que lesdites impressions ne se peuuent faire qu'auec grands frais, craignant qu'autres Imprimeurs & Libraires, que ceux qu'il choisira pour ce faire & les distribuer, ne voulussent faire le semblable, & faire perdre audits Imprimeurs & Libraires par luy choisis leursdits frais; Il nous a tres-humblement suplié luy vouloir accorder nos lettres sur ce necessaires. A CES CAVSES, desirant fauorablement traicter ledit sieur Scarron, Nous luy auons permis & octroyé, permettons & octroyons par ces presentes, de faire imprimer lesdits douze liures en telle marge & caracteres que bon luy semblera, par tels Imprimeurs & Libraires qu'il voudra choisir, pour iceux mettre en vente & distribuer durant le temps de dix ans entiers, à commencer du iour qu'ils seront acheuez d'imprimer; Deffendant à tous autres Imprimeurs, Libraires & estrangers, trafiquans en nostre Royaume, & autres personnes de quelques qualité & condition quelle soient d'Imprimer, faire Imprimer, ny mettre en vente durant ledit temps lesdites Oeuures dudit Exposant, sous couleur de fausses marques, noms supposez des lieux & des Villes, diminution & correction, où d'autres déguisemens que ce soit, sans la permission & consentement dudit Exposant, où de ceux ayant charge de luy, sur peine de confiscation desdits liures, de trois mil liures d'amende, & de tous despens, dommages & interests dudit exposant: A la charge d'en mettre deux Exemplaires en nostre Bibliotheque publique, & vn autre Exemplaire és mains de nostre tres-cher & feal le sieur Seguier, Cheualier Chancelier de France, auant que de les exposer en vente, suiuant nos Reglemens, à peine d'estre décheu du present Priuilege: SI VOVS MANDONS que du contenu en ces presentes, vous fassiez, souffriez & laissiez ioüir ledit sieur SCARRON, ou ceux qui auront droict de luy, pleinement & paisiblement & à ce faire souffrir & obeïr tous ceux qu'il appartiendra: Et mettant au commencement ou à la fin desdits liures, ces presentes, où vn bref extraict d'icelles, voulons qu'elles soient pour deuëment signifiées, & qu'a la collation par l'vn de noz amez & feaux Conseillers & Secretaires, foy soit adjoustée comme au present original: CAR tel est nostre plaisir. DONNÉ à Paris le huictiesme iour de Ianuier, l'an de grace, mil six cens quarente-huict, & de nostre regne le cinquiesme.

Par le Roy en son Conseil. BERAVD.

Et ledit sieur Scarron a cedé & transporté le present Priuilege à Toussainct Quinet, pour en joüir suiuant l'accord fait entre eux.

Acheué d'imprimer pour la premiere fois le dernier Février, 1648.

Les Exemplaires ont esté fournis.

www.ingramcontent.com/pod-product-compliance
Ingram Content Group UK Ltd.
Pitfield, Milton Keynes, MK11 3LW, UK
UKHW031908260826
14628UKWH00003B/1063

9 782329 464022